光文社文庫

恋愛サスペンス

風の視線（上）

松本清張プレミアム・ミステリー

松本清張

光 文 社

目次

風の視線（上）

駆けつけた青年

1

青森行き急行「おいらせ」号は、上野駅発二十三時で、列車は三十分前にホームにはいっていた。

一等車の寝台で、作家の富永弘吉（とみながこうきち）は、鉄道のマークが模様になっている浴衣（ゆかた）に着替えて、小型角瓶を傾けていた。雑誌記者の角谷（すみたに）がその相手をしていたが、角谷のほうは、まだ洋服のままだった。

作家が落ちついているのにくらべて、編集者の角谷はそわそわしていた。ウィスキーのグラスを口に運ぶのも、中腰の格好だった。どちらも酒のみで、そのほうでは気が合っている。

角谷は腕時計を眺めては、通路をはいってくる乗客にちらちら眼をやっていた。

「遅いな。」

角谷が落ちつきのない眼でつぶやいた。

「あと、何分だ？」

作家は発車までの時間をきいた。

「五分です。」

「来るだろう。」

と富永は平気でいる。半分白くなった髪を長く伸ばし、口をとがらしてグラスを舐めていた。

その眼を、編集者に微笑わせて、眼の大きい人だった。

「かわいそうに新婚旅行もできなくて、ここに駆けつけるというのだ。少しぐらいゆっくりしていても文句は言えない。」

「そりゃそうですが、」

角谷はそわそわしていた。

「間に合わないと、なんにもなりませんからな。」

「そんな人に頼まなくとも……、その人、なんと言ったかな……。」

「奈津井久夫です。」

「そうだ、奈津井君だった。彼以外のカメラマンも大勢いるだろうにな。」

「それが、先生。ほかの者ではだめなんですよ。うちのグラビアは毎号連載で、同じカメラマンが撮ることになっています。だから、どうしても彼でないと具合が悪かったんですよ。」

「優秀なのかね？」

「新進では一番有望な男です。もう、相当名前が出ていますよ。それに、このごろはすっかり忙しくなりましてね。結婚式の前日までは、大阪の毛織会社の仕事をしていたそうです。」

「やれやれ。近ごろの若い人は、結婚式もろくにできないようになってるんだな。それだったら、角谷君。ぼくらの出発を、少しずらせたほうがよかったんじゃないかね？」

「それができなかったんですよ。今日が、ぎりぎりの締め切り間際ですし、その前は、彼にいろいろと仕事の都合がありましてね。」

「花嫁さんは、新婚旅行もできないのを、承知したのかな？」

「それは納得したんでしょう。あとで、暇なときに改めて行く、ということがありますからね。」

「なるほど。しかし、角谷君。今度の旅は、後味が悪いね。なんだか、こちらが、おめでたの邪魔をしたような格好になった。」

「いえ、それはかまいませんよ。仕事ですから。」

「おいおい、些々たる仕事と人生の門出と、どちらが大切かな。どうもいかん。近ごろは、仕事で人間生活の意義がだんだんむしばまれてくるようだ。」

　作家はまた角瓶を注いだ。

「ところで、その奈津井君は、恋愛結婚かね？」

「いや、そうではないらしいんです。普通の見合いだそうですよ。」

「それは珍しいね。」

と、富永弘吉が言ったのは、相手が新進の写真家と聞いて、その派手な職業から、見合い結婚が意外と感じたらしい。

「先生。ぼく、ちょっと、ホームに出てみます。あと二分しかありません。」

角谷はついに作家をほうりだして、出口のほうへせかせかと通路を歩いた。

角谷はホームに降りて、改札口のほうを一心に眺めていた。駅の電気時計は、あと一分しかない。見送り人や遅れてくる乗客が、角谷のあせっている眼を意地悪くさえぎった。白線のすぐ後ろの柱で、助役が時計を見ながらベルのボタンを押した。

　金属製の甲高い音が鳴りはじめた。

　角谷が血眼になっていると、改札口のほうから、肩に細長い鞄をつった男が、普通の足どりでこっちへ向かってくるのが見えた。角谷は、伸びあがって、手を大きく振った。

「どうも。」

角谷の前に来て、青年は軽く頭を下げた。やや長めの髪で、背も高い男だ。頬骨(ほおぼね)が少し出ているのが、かえって近代的な感じの翳(かげ)を与えていた。

「待ってたんですよ。間に合わないかと、はらはらしてましたよ。」

角谷は、写真家が獲得できたので、のっぺりした顔に安堵(あんど)と微笑(わらい)をひろげた。

「さあ、どうぞ。」

かえって角谷のほうがのぼせたように顔をあからめ、写真家の背中を押した。二人が昇降口に脚をかけたとたん、ベルの音がやみ、ホームがすべりだした。


「ご苦労さん。」

すわったまま、小説家の富永弘吉があから顔を向けて微笑(わら)ったのは、角谷の紹介で奈津井久夫が立って挨拶した後だった。

「大変だったね。」

富永はにこにこしていた。

「奈津井さん。せっかくのところ、すみませんね。」

角谷がすまなさそうに言った。

「いや。」

奈津井久夫は、髪をかきあげて、微笑して、立っていた。

「せっかくのところをお邪魔しちゃって。ご披露のほうは、何時にすんだんです？」

「八時に終わりました。」

「それからすぐお家に帰って、支度を仕直して、ここに駆けつけてこられたんじゃ、大変でしたね。」

「いや、支度は会場の空いた部屋ですませました。」

「奥さんは？」

「ひとまず、実家へ戻りました。」

それを聞いて作家の大きな眼が動いたが、何か言いたげなのを黙った。

「あなたの寝台は、こっちですよ。」

角谷が案内しようとしたとき、列車のボーイが来た。奈津井はボーイの後について、ここは斜め向こうになっている寝台の下段に、背をかがめて肩の鞄をおろしていた。

「角谷君。」

「はあ。」

「割り切ったものだね。あれでなんともないのかね？」

「何がですか？」

「何がって、たった今、披露がすんだ、と言っただろう。それから、すぐカメラのはいった鞄をさげて、この列車に駆けつけ、おもしろくもないわれわれといっしょに青森くんだりまで行くんだからな。おれだったら、お断わりだよ。」

「先生のお若い時代は、そうでしょうね。」

「君まで時代を言うかね。とにかく、今の小説家も、写真家も、みんな忙しい。あんまり雑誌が多すぎるよ。われわれの若いときは、少ない雑誌を逃げまわっていたんだからな……。おい、角谷君。こっちに奈津井君を呼んでやれよ。」

「はあ。」

角谷が立ちあがって、若いカメラマンのほうへ歩いて行った。

この間に、作家はスーツケースの底から紙に包んだ小さなグラスを取り出し、その縁をていねいに紙でぬぐった。

「お邪魔します。」

奈津井久夫が作家の前に腰をおろした。富永弘吉は、そのグラスをカメラマンに持たせ、角瓶から黄色い液体を注いでやった。

「乾杯だ。」

と、作家は叫んだ。

「おめでとう。」

三人はグラスを眼の高さに上げた。

「ありがとうございます。」

と、奈津井久夫がおとなしい声で答えた。

「しかし、なんだな。」

ウィスキーをのんだ富永弘吉は、奈津井の形のいい額を見つめた。

「仕事のためとは言いながら、結婚式を挙げたばかりで奥さんと離ればなれになるというのは、残念ですな。新婚旅行は、この仕事が終わってからですか？」

「いえ。」

写真家は、曖昧な表情になった。

「はあ、すると、もっと先に延ばしますか。」

作家は気早に察した。

「どうも、われわれが、せっかくのところをお邪魔したようで、たいへん申しわけない。」

「いいえ。」

奈津井は控え目だった。

「まあ、しかし、なんですな。新婚旅行というのも、だんだん形式化してくるから、あれで、あんがい、つまらないんじゃないでしょうか。」

横合いから編集者が言った。

「おいおい、君こそつまらんことを言うな。」

作家は角谷におこった。

「どうもいかん。雑誌の編集者というものは、商売ばかり考えているからね。小説家などを旅に引っぱり出して写真を撮らせる、という手を考えだしたのも、こういう手合いだよ。まあ、これから青森に行って、奥の十和田湖にはいるそうだが、奈津井君。君は早いとこ東京にずらかったほうがいいですよ。」

「いえ、東京には帰りません。」

　若いカメラマンは答えた。

「ほう。どうしてだな？」

「実は、妻を浅虫温泉まで来させるつもりです。」

「ほう。」

と、眼をみはったのは、作家と編集者の両方だった。

「なるほど、そりゃいい考えだ。」

　気負っていただけに、作家が、少し落胆したように言った。

「すると、なんですな。その帰りが新婚旅行というわけですか？」

「はあ。」

「そりゃたのしみですな。」

　編集者が言った。

　奈津井久夫は静かにグラスを舐めている。

2

青森駅には朝早く着いた。

小説家が取材にまわる先を撮影して、その背景になる風景といっしょに「作家と旅」をグラビアに紹介するというのが、この雑誌の企画だった。奈津井久夫は、去年の夏からこの撮影を担当している。

彼は二十七歳だった。職業的カメラマンとしては五六年の経験だったが、二三年前から、その確実な技術と、独創的な眼とが買われ、今では仕事がようやく多忙になっている。この雑誌社が彼に眼をつけたのも、その春に外国で開かれた国際的な写真展に入選して以来である。

彼の商業作品も今までにない型だった。いわゆる芸術的な制作は前衛派に属していたが、それも、これまでにない新しさを批評家たちに認められていた。前衛となると、その抽象性が各人とも類型に陥りやすいのだが、奈津井久夫の作品には、彼だけが持っているアイデアがある、と、これは彼を認めた批評家たちの言葉である。

しかし、商業作品は、彼のいわゆる芸術作品とは色合いが全く違っていた。このほうは、スポンサーの意図をよくのみこんで、その上に立つ彼の独創があった。

現に、この雑誌に連載している、彼の一連の「作家もの」は、今までの型を破っていた。奈津井久夫の持っている独創性がここにも生きていて、ひどく好評だった。

写真家の多くが失敗するのは、自分の「芸術」を商業写真に流入するためのようである。そのような写真家に限って、何よりもコマーシャルの本質を見きわめない。妙に芸術を商業作品に融合させようとするから、中途半端で、ちぐはぐで、曖昧で、力の弱い作品しかできないのである——と言う批評家もいる。

その点、奈津井久夫は、自分の撮りたいものと、依頼されたものとを割り切って考えていた。といってコマーシャルの分を通俗化しているというのではない。そのほうも、彼は、自己の分野を開拓していた。

この若い写真家の体内には、芸術的なエスプリと、報道写真家の眼と、意匠的な発想がある、と、これも批評家が何かに書いたことである。

とにかく、奈津井久夫は、今、写真界に新しい風を窓から吹き入れている一人だ、ということは確実に言えそうだった。

まだ若いのだ。それに、がっしりとした体軀が長い脚の上にのっていた。笑うと、どこか邪気のない顔になるのだが、ふだん黙っていると、その頰に近代的な翳が流れる。

この写真家と、作家と、編集者の三人は、朝飯を青森の宿でとった。

小説家が食事をしている間でも、奈津井久夫はたえずカメラを構えていた。

鞄の中には三個の写真機があったが、あたかも数本の鉛筆を持ちかえるように、それを自由に駆使するのである。

打ち合わせができていたので、県庁から若い役人ふたりが宿に訪ねてきた。

このグラビアは、作家を配した観光紹介写真でもあるので、県の観光課が案内を兼ねて便宜をはかったのだ。

「あなたが、奈津井さんですか。」

県庁の若い役人のひとりは、アマチュア・カメラマンとみえて、奈津井久夫に特にていねいだった。

「お作は、いろいろなカメラ雑誌で拝見しています。私の職場や友人にも、奈津井さんのファンがすごく多いんですよ。」

役人はそんなことを言った。

「やあ、どうも。」

奈津井は長い髪をかいて頭を下げた。

眼を伏せると、睫毛が長い。

一行は、自動車二台で、青森市から酸カ湯、蔦温泉、奥入瀬を通って十和田湖に向かった。

五月の初めだったが、まだ道には雪が積もっていた。二三日前に、やっとバスを通したとかで、かき分けた雪は、道の両側に白い壁のように積み上げられていた。

麓は新緑だが、峠を越えるときは、谷を越えたむかいの山の頂上に白い煙のような吹雪が立っていた。

峠を越えて奥入瀬の渓谷にはいると、これが眼の覚めるような緑の色だった。さしでた梢が車の屋根にはじいて雨のような音をたてた。

「角谷君。」

小説家は、助手台に乗っている編集者の背中にきいた。

「今夜は、どこに泊まるんだい？」

「宇樽部というところです。この奥入瀬を過ぎて、十和田湖に出たところですよ。」

角谷は振り向いて答えた。

車は、泡をふいている渓流沿いに走っていた。

「次は、どこだね？」

「明日の晩は、大湯です。秋田県のほうに出るのですがね。温泉ですよ。」

「奈津井君。」

富永は、自分の横に掛けているカメラマンに言った。

「聞いたとおりだ。十和田湖あたりで、君の仕事がだいたいすめば、大湯には来なくて、そのまま浅虫に直行したらどうです？」

「はあ。」

奈津井久夫は短く答えた。

「かまいません。ぼくのことは、お気づかいなさらないでください。」

「そうかね。」

富永弘吉は、奈津井久夫の返事をちょっと不満に受け取った。親切で言ってやったのだ。遠慮からではなく、事実、この若いカメラマンの態度が冷静に見えたのである。

小説家は煙草を吸った。

見合い結婚だと聞いたが、そのせいで、この男には新しい妻に、それほどの情熱がないのかな、と考えていた。


その日は曇っていた。どんよりとした鈍い雲が湖面に垂れ下がっている。

湖は空の色を映して黝かった。風が強くて冷たい。湖は海のように白波を立てていた。

それは、おとなしい山湖とは考えられないような形相だった。対岸は雲の中に隠れ、時化の海でも見ているように悽愴だった。

「寒い。」

小説家の富永弘吉は、湖岸に立って身ぶるいした。

「君、角谷君。早く宿にはいって、熱いのを一ぱいやろうじゃないか。」

「先生。そりゃまだいけません。」

　角谷は首を振った。

「まだ三時ですからね。できるかぎり写真を撮（と）っておきたいんですよ。」

「やれやれ。疲れているのに、君も薄情な人だ。」

「仕事ですからね。やっぱり安心ができませんよ……。奈津井さん。」

と呼んだが、奈津井久夫は二人の傍からずっと離れたところで、湖面にカメラを構えていた。それは、富永のほうにはまったく関係のない姿勢だった。

　湖面のつづきは、密度のある原生林になっている。樹木が折れて、水の中に突っこんでいた。カメラマンは、地面に膝（ひざ）を折ったり、ひれ伏したりしてシャッターを切っている。敏捷（びんしょう）で、活動的だった。

「熱心なものだな。」

と、作家はそれに眼をやった。

「あんな格好を見ると、ぼくもわがままが言えないね。」

「そうですよ。とにかく、これから、この十和田湖を半周しましょう。車で行くんです。すぐ先に展望台がありますから、そこでやってもらいましょうか。」

　富永は寒くてたまらぬというように、先に車の中にはいった。

「奈津井さん。」

と、角谷はカメラマンを呼んだ。

「さあ、行きますよ。」

奈津井久夫は顔をこちらにちょっと上げて、わかったというようにうなずいて見せた。が、すぐ来るのではなく、林のほうへ這(は)いあがったりしている。

強い風が、若いカメラマンの髪を、藻(も)のように乱していた。

「やれやれ。」

と、小説家は車の窓から覗(のぞ)いて、横に乗りこんできた角谷に言った。

「あれで新婚早々だからね。」

「奈津井君は、人一倍熱心なほうですよ。」

角谷も同じように視線を走らせて説明した。

「才能のある人ですが、やはり才能だけでは出てこられないのですね。努力ですよ。あの熱心さがないと、人の先を歩くことはできないのですよ。カメラ界も、急に人が増(ふ)えて、競争が激しいですからね。」

「なにしろ、どこも人が多い。小説書きだって、ずいぶんと増(ふ)えたからな。ぼくらのように、新婚旅行もほったらかして仕事をする人の気持がわからない人間は、だんだん取り残されてゆくかもしれないね。」

五十を過ぎた作家は、ちょっと寂しそうな顔をした。

「先生は大丈夫ですよ。特異な作風ですからね。ちょっと真似手がありません。」

「ありがとう。」

と、小説家は礼を言った。

「慰めてくれるのか。」

「とんでもない。本当ですよ。」

「正直にそう言ってくれるならありがたい。」

「なにしろ、ほかの人と違ったところがないと、すぐ、没落も早いですからね。あの奈津井君は、そんな意味で生命がながいと思いますよ。むろん、今、売り出し中でこれから、もっと忙しくなる人ですから。それでも、ただ思いつきみたいな新しさだけでは、もたないと思います。」

「大きにそうだ。」

と、小説家はうなずいた。

「目先の新しさだけでは、すぐに古くなる。」

「そうです、そうです。」

小説家と編集者との話のウマが合っているときに、奈津井久夫が髪を乱して車の傍に来た。角谷が降りてドアをあけようとすると、

「いいですよ。」

と言って、自分から助手台へ乗った。

「奈津井さん。そりゃいけません。ぼくが替わりましょう。」

　角谷は背中をつついたが、

「このほうが景色を見るのにいいんです。」

と、奈津井は助手台に居すわった。広い肩が小説家の眼の真正面だった。

　富永はうらやましそうにその肩を見た。

「奈津井さんは、体重、どのくらいあります？」

「ぼくですか。さあ、十七貫くらいでしょうか。」

　奈津井久夫は顔を横に向けて答えたが、微笑を含んだ顔が明かるかった。

「そりゃいい体格だ。若いし、これからもりもりと働けるね。」

「こういう人の体格は、カメラマンにはおあつらえ向きですよ。なにしろ、近ごろのカメラといったら、手で写すよりも脚で写すんですからね。吉村(よしむら)さんなどは、半年は旅行してます。あれで、よくくたびれないと思いますよ。」

　角谷が言った。

「吉村君には、ぼくも写してもらったことがある。」

と、小説家は流行カメラマンのことを聞いて、うなずいた。

「見るからに、牛みたいな頸(くび)をしている。ぼくは、いつぞや、北海道の講演旅行の帰りに、千歳から乗ったことがあるがね。飛行場でひょっこり会ったのが吉村君だ。きいてみると、ノサップ岬から北のほうを駆けずりまわってきて、東京で飛行機を乗り継ぐと、そのま九州だそうだ。なんでも、その九州の旅も一週間ぐらいの予定だそうだがね。いや、おどろいたものだ。」

「なにしろ、第一線のぱりぱりですからな。」

角谷が相槌を打つと、小説家はふと奈津井の背中越しに問いかけた。

「奈津井さん。あなたぐらいの世代の人は、いま話に出た吉村君を、どういうふうに評価していますか?」

奈津井はそれに答えるように、また顔を少し横に向けた。

「そうですね。」

ちょっと間をおいて、

「ぼくの世代といっても、まちまちですが、だいたい、先輩として、吉村さんは、尊敬できる人じゃないでしょうか。」

小説家は黙った。その言葉の中に、暗に批判が含まれていたからである。

車は絶えず荒い湖面を右手に見ながら、畑のある上り坂にかかっていた。働いている農夫は、五月というのにまだ真冬の支度だった。

宿に帰ると、皆はひと風呂浴びて、すぐに用意された夕膳に向かった。

小説家が一番いい部屋を取っているので、そこに皆が集まった。県庁から案内役で来た観光課の人も二人、いっしょに連らなった。

「奈津井君。」

やはり小説家は若いカメラマンに羨望的な眼つきだった。

「今夜は、ひとつ、君のために乾杯しよう。いや、汽車の中ではお粗末だったが、とにかく、ここに、虹鱒だが尾頭付きの魚が置いてある。」

富永はまっ先に杯をあげた。

「どうも。」

奈津井久夫は頭を下げた。

「奈津井さんに、何かおめでたがあったんですか?」

何も知らない県庁の役人が、富永と奈津井の顔を等分に見くらべた。

「何かおめでたじゃありませんよ。人生の最大の慶事です。昨夜、この人の結婚式があったばかりですよ。」

小説家は紹介した。

「そりゃ。」

と、県庁の役人が写真家に改まって頭を下げた。

「おめでとうございます。」

「いや、どうも。」

これにも奈津井は簡単に答えただけだった。

「しかし、なんだな。」

と、小説家がまたはじめた。

「今日、ぼくはいろいろと写してもらったらしいが、何度かその途中で、奈津井君の眼を見たことがあるよ。ファインダーを覗いている眼だ。あのときは、ちょっとびっくりしたね。」

「ほう。どうおどろいたんですか？」

角谷が皿の魚をつつきながらきいた。

「なにしろ、すごい眼つきだ。こわいくらいだったよ。あれだと、タブローに取り組んでいる画家の眼とちっとも変わらないね。対象を見据えて、じっと動かない、あの眼つきだ。」

小説家は感動をそのまま述べた。

「奈津井君。君が奥さんを選定したときも、やはりああいう眼つきで見たのかい？」

「いいえ、そうじゃありません。」

奈津井久夫は、下を向いて杯を含んでいた。

「そうだろうな。あんな眼つきで見られたんじゃ、逃げだされるよ。」

そこまで言って、ふと、奈津井の様子が少し寂しげに映ったのか、

「これも角谷君の責任だよ。」

と、小説家は編集者に眼を移した。

「いや、まことに申しわけありません。」

角谷は大仰(おおぎょう)にお辞儀をした。

「いろいろ考えてみたのですが、どうしても、こういうことになりましたのでね。」

「かまいませんよ、角谷さん。」

と、はじめて奈津井久夫が顔を上げて、言った。

「もともと、ぼくのほうで都合がつかなかったのですから。」

「しかし、だんだん、これからはそういうことになるでしょうな。」

県庁の役人が言った。

「われわれだと、ただ上から命じられた役所の仕事をやってるだけですから、とうてい、そんな気持にはなれませんがね。しかし、ご自分の好きなことに打ちこんでらっしゃる方には、奈津井さんの気持が同感できると思うんですよ。まあ、われわれから見ると、かえってうらやましいようなものですが。」

「そうかもしれませんね。」

と、角谷が如才なく答えた。

「やはりそれでなければ優れた芸術はできません。」

「バーなど回っていちゃだめかな。」

角谷が芸術と言ったので、小説家は苦笑いして、前にすわっている女中に杯を出した。

「道理で、近ごろ、自分ながら書いている小説がおもしろくない。少し心がけを変えて、新しい材料を捜そうと思ってるんだがね……。材料といえば、奈津井君なんかしじゅう、素材を捜しているんだろうね？」

「はあ。」

「近ごろの写真を見ると、まったく、頭脳の戦いといったものを感じるな。」

「はあ。やっぱりモチーフが、価値を半分決定しますから。」

奈津井は控え目に言った。

「そうだろうね。小説だって、材料しだいだよ。材料のイキがよくないと、どんなに苦労しても箸にも棒にもかからん。」

このとき、若いほうの県庁の役人が奈津井のほうへ声をかけた。

「奈津井さん。この辺は、ずいぶん、お歩きですか？」

「いいえ、それほどでもありません。二度ばかり、秋田のほうには行ったことがありますが。」

奈津井は役人のほうへ顔を向けて答えた。

「この青森県の北の西海岸などは、どうです?」

役人はまたきいた。

「いいえ、まだなんです。」

「そうですか。実は、ぼくは、かねがね思ってるんですが、十三潟あたりは写真にいいと思いますがね。」

「ああ、十三潟か。」

と、隣りの中年の職員が賛成したようにうなずいた。

「毎年、県に災害の補償申請が来るんですがね。というのは、その辺はずっと砂丘の海岸でしてね。その北の端に十三潟という小さな潟があるんです。潟ですから、一方が海に少し切れています。

ご承知のように、日本海の荒波に海岸がだんだん侵食されましてね、土地が削られる一方、砂丘が陸地へ後退しているんです。そのために、その辺一帯にある漁村が砂に埋もれて行ってるんですよ。」

この話は、東京から来た三人の注意を集めた。

職員は、東京人の興味を惹いたと知って、話をつづけた。奈津井久夫は、職員の顔を見ながら、耳を傾けていた。

「現在、そんな状態で、長年住みなれた家を捨てて、よそに移る者が増えてきました。」

職員は、おもに奈津井の顔に向かって言っていた。

「ところが、やはり親の代から住みついていた人間は、急にそんなことになっても、逃げる気になれないのですね。十二三戸ばかり、まだ、そこに残っていますよ。家の半分が砂に埋まっていて、惨澹たる有様です。あと二三年もしたら、その家も海の中にはいるのは決まっているんですが、それでも、現実にそうなるまで、そこが離れられないんですね。まあ、ぼくらは、何度か現地視察をして、そのたびに、残ってる人に、早く立ち退きをするよう勧めるのですが、どうも、未練があるようです。補償金も用意し、替え地もちゃんと作ってあげているんですがね。」

奈津井久夫は、その話の途中から眼を輝かしていた。

「やっぱり人間は、生活への密着が根強いんだな。」

話をきいて、小説家富永弘吉の感想だった。

「今、そこに残ってる人は、若い人もいるんですか?」

「いえ、さすがに若い人は、早いとこ見切りをつけて、よそに移っています。もともとその辺は、むかし栄えた古い港ですがね。近年はすっかり廃れました。漁場もだめになって以来、若い者は、出稼ぎが多いんですよ。残ってるのは、年よりばかりですよ。」

県庁の職員は、顔を小説家のほうへ移した。

「なるほどね。年よりは執着が強い。いや、無理もない話だ。」

と、富永は言って、

「しかし、今のお話を聞くと、なんだか小説のほうでも題材になりそうですな。いや、いい話ですよ。どうです、奈津井君？」

と、眼を写真家に向けた。

「そうですね。」

奈津井久夫はうなずいた。が、これまでになかった緊張が、その若い表情に出ていた。

「そこに行くには、どういう道順で行くんです？」

と、急に職員にきいたものだった。

「道順ですか。」

職員は、自分の話の効果に満足して、

「簡単ですよ。」

と、まず笑って見せた。

「ここからだと、やはりいちおう、青森に出たほうがいいでしょう。雪が積もっていないと、バスで花巻(はなまき)から藤崎(ふじさき)へ出る道があります。だが、まだ開通していません。ここと青森の間も、やっとこないだ通じたばかりです。その青森から西のほうに三時間ばかりバスに乗ると、五所川原(ごしょがわら)というところがあります。それから先、いま言った十三潟までが、ずっと砂丘地帯で、十七里長浜と言っています。つまり、津軽半島の西側になるわけですね。」

「五所川原から、今おっしゃった土地まで、バスはありますか？」

「あります。しかし、長いですよ。二時間はかかるでしょう。」

「行ってみたいな。」

これは、奈津井が思わず吐いた言葉だった。眼も急に生きいきとしていた。

「この夏にでも行くんですな。」

と、角谷が横から言った。

「いや、今がいいでしょう。」

奈津井は答えた。

「ぼくは十和田湖に来てみて、この季節の日光と、遅れた春の風景とに打たれたんです。その土地だってそうだろうと思います。夏だと、どうも感じが出ないようだ。ぼくの想像ですが。」

奈津井はそう言って、

「すみませんが、今のコースを、もう一度教えてください。」

と、役人に頼んだ。

小説家がその奈津井の様子を見て、

「これは、おどろいた。君、本気で、今から行くんですか?」

と、眼をまるくした。

「はあ。この仕事がすんで、すぐに行きます。ちょうどここまで来たついでですから。」

「しかし、君。奥さんはどうするんです? たしか、浅虫で待たせてあるのでしょう?」

「ええ、仕方がないから、そこへ連れて行きますよ。」

「奥さんを?」

と、小説家は二度びっくりした。

「そりゃかわいそうだ。せっかくの新婚旅行に、君、そんな寂しいところに連れて行くなんて……。いったい、帰りのコースも決まっているんでしょう?」

「はあ、だいたい、決まっています。平泉から仙台、松島、裏磐梯といったところです。」

「それ見なさい。そんなたのしいスケジュールを組んでおいて、いまさら十三潟もないもんだよ。十三潟あたりをうろうろしていては、蜜月のコースはフイになるだろう?」

「仕方がないです。」

奈津井久夫は微笑して答えた。

「今の時期を逃がしたら、来年まで一年待つことになりますから。」

小説家は嘆いた。

「若い人は気が短いね。」

3

宿は九時に出ることになった。

「君。天気だぜ。」

小説家の富永弘吉が、大きな声で言っていた。一行の中で、この小説家の声がいちばん騒いでいる。笑い声も当人を見なくてもそれだとわかるくらい特徴があった。

「そうですね。」

編集者の角谷が、部屋の縁から空を見上げている。空の下を区切って、十和田湖の湖面がひろがっていた。

昨日は黒い雲が厚くおりて、湖面の先がぼうと白く濁っていたが、今日は対岸を取り巻いた山脈が細かい襞まで見せていた。湖の色も一晩で変わったように蒼い。その色が、深海のように濃いのである。

「奈津井君はどこへ行った？」

小説家は大きな声を出した。

「二時間ばかり前に、撮影に出たそうです。」

「そりゃ早起きだ。いや、熱心なものだ。」

「ぼくが起きたときは、もういませんでしたよ。朝の光線をやかましく言う男ですから、きっと、心がけて飛び起きたのでしょう。」

「勉強家だね。やはり女房を置いてきぼりにしたくらいはある。」

「置いてきぼりじゃありませんよ。浅虫温泉に待たせてあるんです。」

「どっちでも同じようなものだ。そうだろう、君。結婚式がすんで披露になり、それから、親類縁者、友だちに上野駅頭で送られて晴れの蜜月にのぼる。これ人生最大の盛事ならずやだ。しかるに、それを取りやめて、女房だけひとり仕事先の宿に待たせるんだから、心得違いの男がいたものだ。」

小説家と編集者とが飯を食っていると、まもなく船を出すから支度をしてくれ、と女中が知らせにきた。

「おいおい。カメラマンはどうした?」

小説家は女中にきいた。

「まだお戻りになりません。」

「弱ったな。いったい、どこへ行ったんだろう?」

編集者は腰を浮かした。

「君、時間のことは言ってあるのか?」

「言ってあります。当人は、それを承知で出て行ったんですが。」

「やれやれ。今度はわれわれが花婿さんを置いてきぼりか。」

「いいえ、それじゃすみません。なにしろ、今度は、カメラマンが不在だと仕事になりませんので。」

「それじゃ、船を出す時間をおくらせるかね？」

「そうですね。しかし、時間はあれほど言ってあったんですがね。」

「まさか、女房のとこへ行ったんじゃないだろうな。」

「女房ですって？　誰の？」

「ばかなことを言ってる。本人の新妻だよ。」

「いや、そんなことはありません。あれは浅虫ですから。」

「いや、冗談だがね。おれだったら、昨夜、脱けだして浅虫まで車を飛ばしているよ。」

「先生なら、そうなさるかもしれませんね。」

「おれだったら、そうする。くだらない小説家の顔などばかばかしくて写せるかい。新妻の顔をふんだんにカメラに撮ったほうがよっぽど撮りがいがあるよ。妙なものだね。若い人って。みんなそうなのかね？　いや、仕事のことさ。」

「概してそうですね。あの奈津井君なんかの場合、ことに活動的ですからね。」

「結構なことだが、どうも、ぼくにはわからん。長い人生のことだ。どんな傑作がその作品に残るかわからんが、そんなものは人生のうえでは渺たるものだ。愛情を無視して何の仕事ぞ、と言いたいね。

いったい近ごろの芸術家は、いや、芸術家と称する者は、仕事仕事とあまりに言いたてすぎる。若いくせに忙しがってばかりいてね。感心しないね。ぼくらのような怠け者もぱっとしないが、仕事が忙しすぎて、人生の意義を犠牲にしとらんかね。」

「そうですな。」

と、角谷は相槌を打ったが、この小説家自身が言っているように、怠け者の言葉だから、心からは同調していなかった。

それでも二人が、とにかく洋服に着替えていると、女中がやってきて、

「いま、お連れさまがお帰りになりました。」

と、知らせてきた。

「弱ったな。もう、船の出る時間だろう?」

角谷は腕時計をめくった。

「はい。でも、お連れさまは、食事をなさらないで、ごいっしょするそうです。」

「飯も食わんのか?」

作家が眼をむいて、大声を出した。

「はい。なんですか、歩きながらパンをかじるとおっしゃってます。」

「ほう。」

富永弘吉は肩をゆすりあげた。

「おどろいた話だ。」

小説家と編集者とが玄関に出ると、奈津井久夫がバッグを肩に掛け、パンの袋を手に持って立っていた。仕事をしたあとの活気が、この若い姿に充満していた。これは、起きぬけに飯を食べて支度したばかりの二人にひどく新鮮に映った。

「おはようございます。」

奈津井久夫は、富永弘吉に軽く頭を下げた。

「おはよう。」

今まで悪口を言っていた小説家が、青年の生気に満ちた顔を見据えて、驚嘆したような眼つきになった。

「君。仕事をしたんだって？」

「はあ。」

奈津井久夫は、もつれた髪を指でかいた。

「しかし、よくやるなあ。」

これは富永弘吉が、思わず吐いた言葉だが、知らずと羨望が出ていた。自分たちの若いときにはなかったものだ。

小説家は怠惰を自認していて、勤勉な文学者を軽蔑していたが、このカメラマンにだけは軽い嫉妬を感じた。

船は宿の者が総出で見送った。

泊まった旅館は寂しい場所に一軒しかなかったので、客も自分たちだけかと思っていたが、小汽船に乗ってみると、若い夫婦者が同乗していた。同じ宿に泊まっていたことは、宿の者が手渡したテープをその若夫婦も握っていたことでわかった。

「ほう。新婚旅行だね。」

作家が編集者に耳打ちした。

「そうですね。」

富永弘吉は、急いでカメラマンを眼で捜したが、そこにはいなかった。船の屋根に音がしていると思うと、それが奈津井久夫の歩いている音だった。

新婚旅行者はちょっと見てサラリーマン風だった。スーツケースが二個あって、各地を歩いてきた証拠に、旅館のラベルが三枚も四枚も下がっていた。二人は、小説家の一行に遠慮してか、少し離れたところで寄り添うように立っていた。夫は背が低く妻は痩せていた。両人の様子には、まだどこかぎごちなさがあった。

汽笛が鳴った。

湖面を半周して、対岸に行くだけの短い航路だが、宿の女中たちの握ったテープが、船のかきたてた白い泡の中にしなだれ落ちた。距離が開くと、女中たちは、切れたテープのかわりに手をあげていた。

「ちょいとした別離の哀愁だね。」

富永弘吉は、横に立っている角谷に言った。

この間にも、屋根では足音が徘徊していた。

「やってるんだな。」

富永弘吉は、天井を顎でしゃくった。

「せっかくの哀愁も、彼はその感情に浸りきれないのかな。」

「カメラマンというのは、絶えずファインダーばかり覗いて、走りまわっているんですね。」

角谷が言った。

「その点は、徹底した傍観者だな。」

作家が切れたテープを波に投げこんで腰をおろした。船は湖水のまん中に進んでいた。

「小説家も人生の傍観者だと言うが、とてもカメラマンの比ではない。」

小説家はつづけた。

「やはりレンズという科学的な媒体物が、対象から感情の流動を阻害するんだね。対象を常にゴマカシのない冷厳の状態で見つめる。それがレンズの役割だ。しかし、それは自然と、ファインダーを通して覗いているカメラマンの眼にも移行してるんだね。つまり、シャッターばかりでなく、人間の眼とレンズとが連動式になってるんだ。撮影者の感情まで連動式になってるんだな。」

「降りてきましたよ。」

角谷が富永の肘をつついた。

船員のように船の屋根から梯子を伝わって、奈津井久夫が降りてくるところだった。肩からは、八五ミリの望遠レンズをつけたカメラが下がっている。

「ご苦労さん。」

「いま、あんたのことを、富永先生が批評していましたよ。」

と、角谷が声をかけた。

「ほう。どういうことですか?」

奈津井久夫は、眼もとに微かに笑いをたたえた。

「感情がレンズと連動式になってる、と言うんです。」

「おいおい、角谷君。」

富永弘吉が少しうろたえて止めた。

「つまらんことをしゃべるんじゃない。いや、奈津井君。気にしないでくれたまえ。」

富永は、カメラマンに笑顔を向けた。

「つまり、君の仕事を見ていると、つい、レンズのもっている傍観者的な性能を思いだしたんですよ。」

「傍観者……ですか。」

カメラマンは、眼を湖岸にひろがっている断崖に止めていた。そこには、松の枝のさしでた下に鴛鴦(おしどり)が泳いでいた。

「見たまえ。」

富永は低い声で注意した。

「君のすぐ傍に、若い夫婦者がいるだろう。あれは新婚旅行者だ。」

その若い二人は、景色に見とれていた。ときどき、妻のほうが夫にささやく。そのたびに、夫はうなずいていた。

「この景色と、若い夫婦と、いかにも似つかわしいじゃないか。それ、そこに鴛鴦(おしどり)が泳いでいる。こちらには蜜月(ハネムーン)同士が寄り添っている。こりゃ自然だね。いかにもマッチしている。君だったら、この情景を、カメラでどう処理するかね？」

「ぼくですか。」

編集者が答えた。

「そうですね。鴛鴦(おしどり)のほうが一枚。その新婚旅行者が一枚。それと、この火山湖と、三枚を組み合わせますね。すると、富永さんのおっしゃるような気分の効果は出るでしょう。」

「そうだ。それが常道だろうね。感情が出るよ。」

小説家はうなずいた。

奈津井久夫はパンをほおばった。

「感情が出ますかね?」

パンを噛みながら言葉を吐いた。

「それは、われわれで言えば、安易な構成ですね。人間が勝手に対象をこしらえあげているんです。逆の場合だってありますよ。たとえば、あの新婚旅行者だって、写真の画面から片方だけをはずせるし、鳥だって一羽にすることもできます。美しい景色だとおっしゃったが、これだって赤色フィルムで撮れば、きれいな新緑が真っ白になり、澄んだ空が真っ黒になるんですからね。」

「これはおどろいた。」

富永がカメラマンを見つめた。

「君はそんな気持があったのかね?」

「対象を処理する方法がいくつもある、とお答えしてるんですよ。ただ、そのためには、対象の本質を見きわめるしっかりした眼を持ちたいのです。安易な眼でなく、そして思いつきでなく処理をやりたいのです。」

「なんだか、妙な議論になったね。奈津井君。ぼくは君の作品集を改めて拝見したい気持になったよ。」

「いえ、ただ考えてるだけを申しあげたわけです。」

カメラマンは、年上の小説家に、穏やかな微笑を見せた。

「作品は、てんでまだ未熟です。でも、これからだと思っています。」

「大いにやってくれたまえ。」

小説家は、ちょっと不機嫌になっていた。

あとで彼は編集者に言った。

「ぼくはそんなつもりで言ったんではないんだがね。新婚旅行者と鴛鴦を見たら、彼も惻隠の情を起こす、と思って言ってみたんだがね。逆だったね。いや、あの顔を見てると、本気にそう思ってるらしい。若いんだね、あの男は。その若い野心で蒼い心が真っ黒になっている。」

4

奈津井久夫は、あくる朝早く、小説家と編集者とに別れた。泊まったところは、十和田湖から南へ寄った大湯という温泉だった。ついてきた県の役人が、車を一台彼のために出してくれた。ここからまた青森まで同じコースを逆戻りするのである。

「奈津井さんのお仕事も大変ですね。」

いっしょに乗った役人の一人が、奈津井久夫に話しかけた。役人はカメラに興味があったから、いま若手で売り出し中のカメラマンに好意を寄せている。

「はあ、仕事ですから。」

奈津井久夫は、ふたたび湖面に出るまでの坂道の景色を眺めながら、ぼそりと答えた。

「いくら仕事でも、ほんとに大変だと思いますよ。これから青森に出るまでは、六七時間ぐらいかかりますからね。」

「六七時間ですか?」

「青森に着くのが、だいたい、四時ぐらいになるでしょう。」

役人は、奈津井久夫が新婚の妻を浅虫の宿に置いていることを知っている。午後四時に青森に着けば、浅虫までは一時間とみて五時だ。自動車の旅は長いが、新妻のもとに届く時刻としては適切である——そんなことを役人は考えていた。

だが、奈津井が時間のことをきいたのは、役人の考えとは違っていた。

彼は、途中で何度も降りる心組みだったのである。

カメラバッグから、持参におよんだ三つのカメラを肩にかつぎ、対象に応じて次々と使い分けた。ただの撮影ではなく、自分の満足するまで時間をかけるのだから、見ているほうがいらいらする話だった。

最初こそ物珍しげだった役人も、こうたびたび車をとめられて待たされては、やりきれない気持になった。

当人は、そんなことはいっさい頭の中にないようだった。自分のために運転手と役人が迷惑していようが、まったく歯牙にもかけていない。それが十和田湖、奥入瀬、酸カ湯と、ていねいに降りて行くのだから、待っているほうはたまったものではなかった。

今までは、頼まれた仕事だから小説家を写すだけだったが、今度は、その若い眼がまるきり形相を変えているのである。

自分の撮りたいものを撮るときのあの陶酔だった。

役人の見ている前で、フィルムだけでも二十本は完全に使った。それが、陽が落ちかかって光がしぼみかけると、フィルムを取り替える間も惜しいような勢いだった。山中の日暮れは早い。奈津井久夫の撮影は、落日の速度と争っていた。

車を待たせて、奈津井の姿が長いこと見えなくなることがあった。奥入瀬の渓流に沿った林の中に踏みこんだときなど、出口を見失って、出て来られないのではないかと、役人が心配したほど隠れていた。

好意的だった役人が、しまいには反感を起こしたくらいだった。

本人がやっと落ちついたのは、撮影に不可能な完全な日暮れを迎えてからだった。青森に四時に着く予定が、そのころ、やっと酸カ湯を出たのである。

車の中では、カメラマンは座席に身をもたせて眠りはじめた。

県庁の役人は、それでも初めのうちは、半分はお愛想で、写真の話など持ちかけたのだが、奈津井は、いいかげんな短い返事しかしなかった。あきらかに無視されていると知って、役人も黙りこんだ。

その瞬間から、奈津井久夫の寝息を聞いたのである。


車が青森の駅に着いたのは、八時ごろだった。奈津井久夫は、そこで県庁の役人と別れた。

彼は、役人がその車を使ってもいいと言ったが、断わった。駅前のタクシーに乗って、浅虫へ向かった。

さっき車の中で眠ったせいか、頭の中が冴えていた。タクシーはかなり古く、動揺が激しかった。そのたびにカメラを入れたバッグが、座席の上にずれて動いた。彼は、それを大事そうに肩に掛けて安定させた。

煙草を吸いながら、暗い窓の外を見た。車は山の中を走っている。ときどき、山が切れて海に出た。海も山も同じ暗さだった。山の間には農家の灯(あかり)がちらちらと映ったが、海では漁船の灯(ひ)がそれに変わった。

自分の吸っている煙草の火のあかりが、窓に映る外の景色の中に溶けこんでいる。流れる景色の中に、ぽつんと小さな赤い光がいつまでもまつわっている。

自分でその赤い火を消すまいとして、奈津井久夫は煙草を吸いつづけた。見つめているその小さな火が、誰かの心を見ているようだった。ときにはうすく消えかかる火である。

仕事のことは、このときの奈津井久夫からは脱け出ていた。あれほど動きまわっていた彼の身体(からだ)が、嘘のように怠惰(たいだ)になっているのだった。姿勢は、むしろ、虚脱感を思わせた。

彼は流れる暗い景色の中に、どこまでもついてくる赤い火を見つめていた。

「…………」

不意に、彼の唇から女の名前が出た。

浅虫温泉に待たせてある新妻の名前ではなかった。

はじめての夜

1

　タクシーは、ゆるやかな岬(みさき)について走った。

　一方に、暗い海がひろがっている。漁船の灯(ひ)がひとところに止まっていた。道を挟(はさ)んで、すぐ右横が線路になっていた。長い貨車が遠くから曲がってきていた。夜だから、機関車の火が煙草の煙に赤く映(は)える。

　列車の来た方向に、長い町があった。それが浅虫温泉だった。

　海がかくれて、建物がつづいた。そのほとんどが、玄関に明かるい灯をつけている旅館だった。

　奈津井久夫の乗った車は、街のほぼまん中あたりに来て、速度を落とし、一軒の玄関先に乗り入れた。

車の音を聞いて、玄関から女中が二三人走り出た。

奈津井久夫が写真機のバッグを肩にかつぎ、スーツケースを持って車から降りると、女中が素早くその二つを受け取った。

「あの、どちらさまでしょうか？」

玄関に膝を突いた女中が、上眼づかいにきいた。

「奈津井です。」

あっと合点した表情が、女中たちの顔に、瞬間に流れた。

「いらっしゃいませ。」

と、改めてお辞儀をした。

「奥さまがお待ちでいらっしゃいます。」

靴をぬいでいると、女中たちがその横顔を何となく見まもっている。

「どうぞ。」

客の荷物を持った女中が、長い廊下を先に立った。

途中から階段を上がり、また廊下を歩いて、一番奥まった部屋の前で、女中は身体をよけた。

「こちらでございます。」

奈津井久夫が部屋にはいると、襖の横に若い女が膝を突いていた。スーツの青い色が鮮かだった。

奈津井は、何か言わねばならぬと思ったが、黙ってその前を通った。

部屋の外についた広縁(ひろえん)のカーテンをあけた。暗い海と島の影が、画集のページを開いたように現われた。

さっき、車の中で見た漁船の灯火が、ここからは違った位置に止まっていた。

「いらっしゃいませ。」

荷物を運んだ女中が、敷居ぎわで、ていねいなお辞儀をした。

奈津井は、カメラのバッグが床の間にちゃんと置かれてあるのを見て安心した。

彼が籐椅子に腰をおろしたのは、女中が去ってからである。

新しい妻が見知らぬ女のように、スーツのまま、座敷の卓の向こうにすわっていた。

きれいな娘さんだ、と思った。結婚前の交際はなかったし、もともと見合いだったが、話が決まってからも、こちらではその必要がないと言って、交際を断わったのだ。それで先方が腹をたてるかと思うと、この縁談はひとりでに進んできたのだった。

たった一度だけの見合いは、ある劇場のロビーで行なわれた。実際、行なわれたといった言葉が当たるほど、奈津井久夫にかかわりなくそれは進行した。

茶をのみながら相手の女性を見たときの印象が、いまと変わっていないから妙だった。そのときからも、黙っているお嬢さんだった。それでいて、どこか落ちつきがあった。その相手があまり自分のほうを注意しないのもそのときの彼に気に入った。それは羞いからではなく、この女に一つの根性があって、大仰に言うと、こちらをどこか無視しているともとれるような態度が奈津井の心を動かしたのである。

見合いのときには、竜崎亜矢子は出なかった。彼女の知りあいの、どこかの社長夫人が、その場の采配を振っていた。

先方の母親というのは、気の弱そうな人で、黙っている娘に、何かと口を開かせようとしていた。

娘は母親と二人で暮らしていた。父の遺産で、小さなアパートを建てていた。兄が一人あるが、北海道のパルプ会社に赴任しているので、見合いには来なかった。

あとで亜矢子から電話があった。

「どう、お気に召して？」

明かるい声だった。

「さあ、まだわかりませんよ。」

奈津井久夫は、電話の浮き浮きした声に腹がたった。

「とてもいいお嬢さまじゃないの。二度ばかり、それとなしお目にかかったけれど、わたくしのほうが先に気に入ったわ。ね、決心なさいましよ。」

「無責任なことを言っていますね。」

「あら、そうじゃないわ。心からそう思ってるのよ。あんなお嬢さま、滅多にないと思うわ。きれいで利口そうで、そして、しっかりしたところを持っていらっしゃるようで。」

しっかりしたところ、と言った亜矢子の言葉を、奈津井はいま思いだしている。やはり人の受ける感じは誰も同じだった。

千佳子というのが新妻の名前だった。しかし、新妻の感じはしなかった。見合いから結婚式という急速な進行が、まだ奈津井久夫の身体を揺れさせていた。が、それだけの理由ではなかった。この女を実感的に妻として受け取るには、ずいぶん、長い時間がかかるような気がした。もしかすると、そういう密着感がないままに、短い生活が終わるような予感もあった。

奈津井久夫は、煙草を吸って海のほうを向いた。

両方から黒い岬が出ていた。車が走っているらしく、細いヘッドライトが山陰を這っていた。

「きみ、食事は?」

奈津井久夫は、急に気づいて妻のほうを向いた。

「お待ちしていました。」

彼女は、前のままの姿勢で低く答えた。

「それはいけない。」

奈津井は、自分でも気がつくくらい、思わず大きな声になった。

「そんな必要はありませんよ。ぼくの生活は不規則ですからね。これからもあることだ。待ってもらわないほうが、気が楽なんです。」

時計は十時に近かった。

「はい。」

少しうつむいて言った。

奈津井が上着をぬぐと、千佳子は立って後ろに来た。蒼い若さが、奈津井の眼に流れた。

奈津井がネクタイを解こうとすると、千佳子が前に回って、白い指先をそれに掛けた。

奈津井はおどろいた。

「こういうことに、きみ、慣れてるのかね？」

「はい、父が母に、いつもそうさせていましたから。」

奈津井は、自分の言葉で頬が少しあかくなった。

彼のすぐ眼の先には、千佳子の細い鼻筋があった。

奈津井久夫は一人で風呂に降りて行った。

浴場は、海に隣りあっていた、窓に波の騒ぎが鳴っていた。

湯の中で身体を伸ばした。新しい妻のことよりも、ファインダーから見た十和田湖や、奥入瀬(おいらせ)の林が眼に残っていた。そのほうがずっと彼に密着感があった。自然をそのままで眺めるときはそうでもないが、三五ミリに区切られた空間、一三五ミリの空間、正方形の空間——それを通すと、自然が生きいきと息吹(いぶ)いて、彼のものになりきるのである。

つまり、自然を生(なま)の眼から眺めたときは、彼はまだ一般の傍観者と違わなかった。

しかし、その行きずりの対象に、彼の意識が働いた瞬間、それはたちまち写真的な彼の心の世界へ流れこむ。

「美しい奥さまでいらっしゃいますわね。」

宿の女中は、浴場へ案内しながら奈津井に微笑してささやいた。

新婚と知って言った言葉だが、女中の表情にも、声の調子にも、それがうわべでなく、実際の感嘆が現われていた。

奈津井も、千佳子を美しい女だと思う。が、彼にはまだ、彼女が行きずりの風景でしかなかった。彼女の一点に自分の意識を働かせるだけの気持は起こっていなかった。

しかし、彼は、このような気持から、たった一度だけ見合いした女性と結婚したつもりではなかった。

《結婚なさったら、きっと、奥さまがかわいくなるものですよ。ご夫婦って、はじめのうちは別として、長くいっしょにいれば、きっと、愛情で深く結びあうものですわ。》

竜崎亜矢子はそう言って、奈津井にこの結婚をすすめたのだった。

《ね、とてもかわいい方じゃないの。あれだったら、奈津井さん、きっと、奥さまが大事で大事で仕方がなくなるわ。》

ときには深い教養を言葉にのせる女だったが、ときにはこんなあけすけな言い方をした。竜崎亜矢子が奈津井に結婚をすすめた理由は、彼にもわからないではなかった。いや、それがわかっていたから、ただ一度だけの見合いで、面倒なことを言わずに結婚したといえる。

竜崎亜矢子の言葉どおりに、奈津井は自分の気持の変化を期待した。それも長い期間にわたってであろう。しかし、その反対も同時に考えた。

要するに、現在の奈津井久夫は、まだ新妻というものに曖昧な立場にしか立っていなかった。

奈津井が風呂から帰ると、座敷には夕食の支度ができていた。まだ女中が運び終わったばかりで、奈津井を見上げてきいた。

「お飲みものは、何になさいますか?」

「そうだな、ビールにしようか。」

眼を千佳子にやって、

「きみは?」ときいた。

「いいえ、いただきません。」

千佳子はまだスーツのままだった。

「じゃ、おジュースでも？」

女中は千佳子に眼を移した。

「ええ。」

「お着替えをなさったらいかがですか？」

それには、あとでします、と千佳子は答えた。

女中は、ほどなくビールとジュースを運んできた。

「お願いいたします。」

と、千佳子に言って引きさがった。

奈津井がコップを持つと、千佳子は慣れない手つきでビールを注いだ。

「きみ。一ぱいだけ飲んだら？」

「いえ、いいんです。」

「しかし、乾杯だから。」

千佳子はビールを断わって、自分のコップにジュースを注いだ。

乾杯と言ったが、二つのグラスはばらばらで合わなかった。ちぐはぐなその動作が現在の二人の間を見せていた。

冷たいビールは、咽喉に快かった。

二はい目を自分で注ごうとすると、千佳子が瓶に手を出した。

「いや、いいんだ。ぼくがする。」

奈津井は、そのほうがずっと気楽だった。

千佳子は、並べられた食卓の前に素直にすわっている。膝に掛けた白いハンカチも几帳面だった。それは妻ではなく、客を一人招待しているような感じだった。

奈津井は、何か言わねばならないと思ったが、適当な言葉がなかった。仕方がないので、

「きみのお父さんや、兄さんは、お酒のほうはどうでした？」

と、どっちでもいいようなことをきいた。

「父はいただけませんでしたが、兄はおつきあい程度には飲むようです。」

「そう。」

それで話が切れた。

奈津井は、自分の曖昧さに腹がたった。いったいおれは、何を話しかけているのか。それは新しい妻にではなく、年下の見知らぬ女性に心づかいをしているのに似ていた。

料理は、この場所らしく魚が多かった。しかし、少しもおいしくはなかった。

千佳子のほうを見ると、つつましげに箸を動かしている。横顔を見ると、耳から顎にかけての線に、少女のような稚さが残っていた。まだ若いのだ。この若さは先ほどから彼に目だっていた。しかし、彼の気持が溶けこめないのは、実は、この妻の若さが彼の気持

ていたということである。

これは、奈津井久夫の気持のなかに、この若さを受けつけないだけの、核ができあがっていたということである。

奈津井は、ふと妙なことを考えた。食事がすんだら、このまま、この新しい妻と別れる場面である。できないことではなかった。勇気があれば可能なのである。しかし、その思いつきをただ空想だけにとどめたのは、この結婚をでっちあげてくれた周囲の人びとよりも、たった一人の女性のためだった。

そして、その女性は、奈津井と妻とのこの一夜をどこかで凝視している——。

食事がすむと、女中が片づけにきた。

「少し、散歩でもしようか。」

奈津井が言うと、千佳子は、ええ、と小さくうなずいた。

「あら、いまからでございますか?」

女中が片づけながら眼を上げた。もう、十一時近かった。

「どこか、見るところがありますか?」

「そうですね。ここは海よりほか行くところがありませんわ。」

「海へ行こう。」

奈津井は先に立った。

「奥さま。」

女中が千佳子に声をかけた。

「お召し替えなさいましたら？」

千佳子はまだスーツのままだった。

「あとでしますわ。」

奈津井はかってに廊下に出ていた。女中の言った「奥さま」の一言が、彼にはかなりの衝撃だった。自分の気持にもかかわらず、外側からどんどん自分たちのことを決めてきている。何気なく乗った車が、思いもよらぬ決定的な方向へ進んでいるのに似ていた。

宿の裏がすぐ海だった。部屋にいても、しじゅう、海鳴りがしている。

海岸に行く道は暗かった。ほとんどの家がもう戸を閉めていた。家の横の細い道を下ると、潮の匂いが強く鼻にきた。

暗い海が、今度はじかにひろがっていた。宿の二階で見たときより、ずっと低い位置になっている。車で来るときに見た漁火(いさりび)も消えていた。遠いところが岬になっているのか、思わない沖の方角に小さな灯が光っていた。

千佳子は、奈津井より遅れて歩いていた。

こちらから話さないと、何も自分からは言わない女だった。暗闇にスーツの蒼さだけが微(かす)かに見分けられた。その色が、奈津井のそばに来るでもなく、離れるでもなく、一定の距離を絶えずおいていた。

最初、見合いのときに見た印象は、妙に落ちついた女性だと思ったが、こうして二人だけでいると、それは少し違った感じで奈津井に受け取られた。落ちつきというよりも、この女(ひと)は、虚心でいるのではなかろうか。

とにかく、若いし、きれいなのである。奈津井は、この女(ひと)がたった一度だけの見合いで、なぜ、自分のところに来る気になったかを考えた。当然、いままで考えなければならなかったことだったが、現実に思ったのは、いま、暗い海辺に二人だけで立ったときである。

奈津井久夫は、自身のことを考える。べつに、親譲りの財産があるわけではなかった。カメラマンといっても、新聞社などに勤めているのと違って、生活は不安定だ。この先、はたして食っていけるかどうかわからない。

なるほど、仕事には自信があるし、熱意も持っている。しかし、それは生活とは別ものだ。自分の仕事は必ずしも正当な評価で物質的に報いられるとはかぎらない。普通の営利的な職業ではなかった。それは、心にもない妥協をすれば、何とか生活はたつだろうが、それは死んでも嫌なことだった。

才能と現実の報酬(ほうしゅう)とは別個のものだ。野心があるが、それは自分の仕事への情熱だけで、すぐに生活の安定を意味していない。仲人(なこうど)がどのような口をきいたかわからないが、結婚の相手としては適当でないことを自分で知っている。恋愛から出発したのは別として、ただの見合いだから、一番に相手の経済的な基盤を確かめるのが常識ではなかろうか。

この話が起きたとき、奈津井久夫はその点を何度も仲に立つ人に念を押した。それなのに、この女は来てくれた。

「ぼくの作品を見たことがありますか?」

写真は雑誌にも載っているし、二三度は個展も開いていた。

「いいえ。まだなんです。」

これは、やはり離れたところからの返事だった。波が砕ける瞬間には、その音で声が消されそうなくらいに彼女は距離をおいて立っていた。それも奈津井のほうを向いているのではない。正面の暗い島影を眺めながらの返事だった。

奈津井久夫は、おやと思った。その返事を聞いて、はぐらかされた気持になった。

「そう。で、写真のほうには興味を持っているの?」

波が砕けたあとに声が聞こえた。

「いいえ、べつに。」

しかし、それなのに、この女は自分と結婚した。

「カメラの仕事は、よそ目には派手そうですが、生活は苦しいんですよ。」

なにしろ、恒産が一つもない、とまで口に出かかったが、それは先方に通じていることだし、あまり強調するのもキザに聞こえそうでよした。

千佳子は黙っている。やはり相手の顔を見ていなかった。奈津井は、海に向かって言葉をかけ、海から返事をもらっているようなものだった。

普通の場合なら、生活が苦しくてもお互いに、協力していっしょに助けあっていこう、と誓いあうのが、この場合の月並みな会話であろう。千佳子は言葉に出さなかった。

「ぼくの仕事は普通の勤め人のようなわけにいかない。仕事のためには何をやるかわかりませんよ。あなたにお願いがある。これからいっしょに暮らしても、ぼくのことにはあまり干渉しないでもらいたいんです。ぼくもできるかぎりあなたのことには干渉しないつもりです。」

これを言ったときにだけ、奈津井久夫は彼女の顔に眼をやった。が、むろん暗いなかでは、相手がどのような表情をしているか定かにわからなかった。ただ凝固として立っている姿に海の風が吹きつけていた。

「わかりましたわ。」

しばらくして、やはり海からのように声が聞こえた。が、その言葉は新しい夫の言い分を理解したというよりも、かなり投げやりな調子があった。

奈津井久夫は、その瞬間に、千佳子の姿が闇の中に鮮明に浮かびあがったような気がした。そういえば、結婚式のときから今夜までの彼女の態度は、すべてが投げやりな調子だったと気づいた。

2

暗い海には潮の騒ぎだけが高かった。渚の波がほの白く浮かんだ。

奈津井は、まだ沖を見て立っていた。

千佳子も同じ方向を眺めている。二人の距離はちぢまらなかった。

黒い島影から小さな赤い灯が現われた。先ほど、奈津井がタクシーの中で見た同じ漁船がまわってきたのかもしれなかった。

海の水平線は星で区切られていた。

千佳子は言葉を出さずに、そこに凝固として立っている。風が奈津井の丹前の裾をたたいた。

この女は、なぜ、投げやりな態度をとっているのか。——奈津井は海を見ながら、それを考えている。

だが、それは千佳子が意識してそうしているのか、それとも、それが彼女の外見的な性格なのか、実のところ彼にはまだ判断がつかなかった。投げやりな、と取っているのは、こちらのひとり決めな気持かもしれない。

見合いから結婚まで、無抵抗に一直線に進んできたということに、奈津井のその感じ方の原因があったかもわからなかった。実際、この話が起こってから、千佳子の側からは何の故障もなかった。先方は、話に空気のように素直にのってきたのである。それは、この女と立っている現在も変わらないことだが、式場でも、披露のときでも、彼女の様子は淡々としていた。特別、奈津井に言葉をかけるでもなく、また、興味的な、というと語弊があるかもしれないが、少なくとも、新しい夫を意識する表情を示すでもなかった。

まるで、他人のような眺め方なのである。いったい、何を考えているのか、と奈津井は彼女にききたくなるくらいだった。性格としたら、妙な女である。近ごろの若い女性には滅多に見られないタイプだった。奈津井は商売がら、いろいろな人と交際している。千佳子と同じ年ごろのお嬢さんたちとも自由な口のきき方をしていた。

しかし、彼女たちはみな明かるかった。言いたいことを大胆に言うほうだった。もとより、それは知りあいの男性に向かっての態度だが、それにしても、もし、彼女たちの誰かが、よそのお嫁さんとなっても、このような態度はとらないであろう。それほどこの新しい妻は、かたくななくらい自己を持しているようにみえた。

別の見方からすれば、それは自分が彼女から無視されたといっても、そう考えられそうだった。おとなしい女（ひと）という意味には受け取れない。そう考えるには、彼女が身につけているせまい空気が、一種の頑固さを含んでいた。

——この女（ひと）に過去があったのだろうか。

奈津井は当然のことにそう考えた。

この過去が、今の彼女の性格を作りあげたのではないかとも思ってみる。

しかし、もしそうだったとしても、それも奈津井の気持を乱しはしなかった。かえって、それもいいと思ったくらいである。奈津井自身が彼女に対して、純粋の気持を持っているとは言いかねた。

このことは、この縁談があったとき、奈津井が亜矢子に断わっている。

《正直に言って、ぼくには、結婚して相手を幸福にする自信がありません。》

彼は言った。

《だから、こんな気持で結婚するのは、相手の人に気の毒ですよ。》

《いいえ。》

亜矢子は答えた。

《そんなことないわ。奈津井さんだったらきっと、その方を愛してあげられると思うわ。今のあなたは、あまりに神経質に考えすぎるのよ。いろいろなことをお考えにならないで、素直に結婚なさいまし。》

そうすすめながら、だが、亜矢子はなぜか自分の姿を千佳子に見せようとはしなかった。この結婚話があったときも、彼女の知りあいが、少なくとも二人は間にはいっていた。亜矢子自身は、裏側に隠れて、二人の夫人を動かしていたといえる。

だから、亜矢子が千佳子を知ったとしても、それは間の夫人たちから彼女のことを聞いたであろうし、また彼女を見たとしても、さりげない場所で眺めたにちがいない。

千佳子は亜矢子を知っていない。彼女と奈津井とを結んだのは、最終的に千佳子の家に話を持っていったひとと、その友だちぐらいまでである。

それを亜矢子が奈津井に伝えた言葉の表現によると、

《わたくしの友だちの、また友だちの、お知りあいですわ。》

ということになる。

《そりゃあ、いいお嬢さま。お話を伺っただけでも、すてきだと思ったわ。奈津井さんには、ぜひ、この方だと決めたの。》

《ひとり決めはひどいですね。》

《いいえ、わたくし、自分の直感には、これで自信があるの。あのお嬢さまを拝見しただけで、わたくしのほうが、すっかり気に入っちゃったの。奈津井さんの奥さまにして、わたくし、仲よくなりたいんです。》

心の記憶が、海の風に乗って聞こえてくる。

「帰ろう。」

奈津井久夫は波の砕けたあとで言った。

自分から先に歩きだした。道に出るまでの防波堤についた低い石段をのぼった。

千佳子が、ええ、と言ったかどうかわからない。返事をしても、それは波に消されたのかもしれない。

実際、奈津井は振り返りはしなかったが、かなり離れたところから、千佳子が風に吹かれたように来ているのがわかった。

道路に出たが、タクシーは走っていなかった。トラックが一台、強いヘッドライトを当てて通り過ぎたが、運転台から男の奇妙な声が投げられた。

「お帰んなさいまし。」

宿の玄関は、女中たちが半分戸を閉めていた。もう十二時を過ぎているのである。

奈津井は部屋に戻った。

部屋はもう薄暗くしてある。ほのかなスタンドがついて、寝具が二つ並べられてあった。布団の赤い色が威圧的だった。

障子をあけて奈津井はベランダの椅子に掛けた。

部屋の電話が鳴った。

奈津井は床の間に歩いて、送受器をとった。

「失礼いたします。」

女中の声だった。

「明朝は、お発ちはお早うございましょうか？」

「そうだな。」

奈津井は、ちょっと考えた。

「午前中の青森行きは、何時があるかね？」

「七時四十三分と、十時一分と、十時四十四分とございます。その間に、八時四十七分の急行がございますけれど。」

「七時四十三分で発ちます。七時過ぎに朝食を出してください。」

「七時過ぎでございますね？」

女中の声は意外そうだった。ずいぶん早い、という軽いおどろきが、その声にこもっていた。新婚者なのである。普通はもっとゆっくりしている、と当然に思っているらしい。

奈津井は、いま自分が青森行きの列車の時刻をきいたとき、千佳子がそれをどう受け取ったか、と考えた。

その新妻は、やはりベランダの椅子にすわっていた。着替えもしないで、スーツのままだった。

奈津井は、彼女の前に戻った。

予定では、浅虫から仙台に行くはずになっていた。それは、披露から新婚旅行に出ることができず、そのかわりの予定を、奈津井が出発前に仲人(なこうど)や自分たちの周囲の人びとと決めたことだった。

むろん、千佳子もそれを知っている。

が、急に青森と言った自分の言葉は、彼女の承知しているコースとは逆なのだ。

「予定を変えますよ。」

奈津井は、いきなり言った。

「仙台に行くつもりでしたが、昨夜、十和田の宿に泊まったとき、写真を写すのに絶好の場所を聞いたんです。ちょうど、ついでだから、そちらにまわって行きます。」

この、そちらにまわって行きます、という言葉は、奈津井だけの宣言に聞こえた。つまり、千佳子が不同意でも単独に行くのだ、という調子があった。

「とても寂しいとこなんです。」

奈津井は、ほの暗いところにすわっている千佳子にしゃべった。

「そこは、青森からバスで五時間もかかります。日本海の沿岸で、部落が砂に埋もれかけているときました。ぼくは、そこに行ってみたい。そして、カメラに収(おさ)めたいのです
……。」

千佳子が微かにうなずいたようだった。

ベランダには灯がついていない。障子を越して、スタンドのほのかな明かりが射している。それが彼女の頸筋から片頬に淡い光を投げかけていた。

「そのため、仙台に行くのは、いちおう、中止したいんです。」

奈津井は、言葉を一度切ってから言った。

「普通の人には、ちっともおもしろくないところですからね。あなたは気が向かなかったら、東京に帰ってもいいですよ。」

新しい夫としては、かなり突き放した言い方だった。

浅虫まで東京からわざわざ来させて、今度は、もう、帰ってもかまわない、と言うのだ。

奈津井は、自分のこの言い方にあまり後悔を感じなかった。

仕事のためだと思っている。そして、先ほど言ったばかりだ。

(ぼくは仕事のためには何をやるかわかりませんよ。あなたにお願いがある。これからいっしょに暮らしても、ぼくのことにはあまり干渉しないでもらいたいんです)

この言葉を、いますぐに実行することになったのだ。

奈津井は千佳子が一人で東京に帰る気になれば、それでもいいと思っていたし、彼女の無関心そうな態度から考えて、自分の言葉を彼女がそれほどの衝撃には取らないだろうと思った。

奈津井は、新妻がまだ眠っている間に、早い朝、こっそり起きて支度をしている自分を想像していた。

「いいえ。」

千佳子の声が返ってきた。

「東京には帰りたくありませんわ。」

千佳子は首を動かさずに、前のままの視線の位置であとをつづけた。

「わたくしも、そこにお供します。」

妻として義務的にそう言っているのか、と奈津井は疑ぐった。

事実、千佳子のその声には、はずみというものが少しもなかった。最初から言葉の調子が少しも変わらないのである。

奈津井は、また彼女の投げやりな態度を見たような気がした。

しかし、そう答えられてみると、断わるわけにもいかなかった。

「写真家は、妙なところばかりまわる。」

と彼は言ったが、それがいつのまにか弁解じみていた。

「人の寄りつかないところに、われわれは行きたがるのです。美しい景色は、ぼくには興味がない。十和田の宿で、砂に埋もれる部落の話を聞いたとき、ぼくは矢も楯（たて）もたまらなかった。出直すということがぼくにはできない。」

「わかりますわ。」

千佳子は答えた。

「わたくしのことには、どうぞ、気をおつかいにならないでください。」

だからどこにでも行くということを言いたいのであろうか。それとも、あなたのことには干渉しないと言った奈津井の言葉に順応しているのであろうか。

とにかく、ここにすわっている彼女と同じように、彼女の心理のほどが暗い部分になっていて、奈津井にはよく見えなかった。

「明日の朝は早いんです。おやすみなさい。」

最初の夜なのに、妻の手を取るでもなかった。また、これからの生活の設計を語るでもなかった。むろん、愛の言葉が吐けようはずはない。まだ他人の気持だし、そこに居るのはどこかのお嬢さんとしか、奈津井には映っていなかった。

奈津井は、先に布団の中にはいった。

枕もとに腕時計を置いたが、もう、一時に近かった。奈津井がマッチを探って煙草に火をつけたとき、千佳子が部屋を抜けて廊下に出る足音を聞いた。

足音は浴室のある階段に消えた。

静けさのせいか、そのたった一つの足音が、妙に彼女に孤独な寂しさをもたせて聞こえた。

奈津井が眼をさましたとき、カーテンの隙間から光が洩れていた。腕時計を見ると、七時十分前だった。

奈津井は隣りを振り返ってみた。そこには畳がひろがっていて、布団が几帳面にたたまれていた。

千佳子の姿はなかった。

隣室で、かすかに物がふれあう音がしている。次の間に鏡台があった。

奈津井は起きた。タオルを持って襖をあけたとき、千佳子がもうスーツに着替えて、鏡台の前にいた。

千佳子は奈津井を見ると、身体を向きかえて手をついた。

「おはようございます。」

清純な眼だった。すぐ後ろから朝の陽が障子を濾過して、彼女の顔を逆光にさせている。が、顔が輝いているのは、外の光線のせいではなく、あたかも皮膚の内側から光が出ているように感じさせた。

「おはよう。」

奈津井は返した。

廊下に出て階段をおりる。今の千佳子の姿がまだ眼に残っていた。挨拶したときの姿である。

奈津井は風呂にはいった。

湯の上に光が揺れている。浴室に海の音が近い。窓からは碧い空がのぞいていた。

奈津井は、ゆったりと身体を湯槽につけた。

まだ、結婚したという実感はなかった。これまで方々を独りで旅してきたが、いまもそれと違わなかった。

ただ、独りで勝手に歩きまわっていた時と変わって、千佳子の存在が、かなり厄介に感じられていることだった。まるで、お客さまを連れて歩いているようなものだった。かってなことをするつもりだったのに、これではやはり自由が制限された。

――昨夜はよく眠った。千佳子がいつ浴室から帰ってきたか知らなかった。

夜中に眼がさめたが、スタンドは消えていた。

奈津井は、すぐ隣りに人が寝ているのを見た。どこからともなく洩れている、淡い明かりが、布団の形を浮きあがらせていた。静かな空気が奈津井の肩を、ある重量感で押し包んでいた。自分の呼吸が、瞬間だが苦しかった。奈津井は寝返りをうった。

それから、朝まで覚えはなかった。十和田湖が強行軍だったので、やはり疲れていたのだ。眼がさめたときは自分だけ寝ていたのである。

湯から上がって部屋に戻ると、女中が朝の料理を卓に並べていた。

「おはようございます。」

女中は、奈津井にお辞儀をした。昨夜は着物だった女が、今朝はセーターにスラックスをはいていた。

千佳子はベランダで海を見ていたが、奈津井が落ちつくと、並べられた料理の前につつましくすわった。

「ずいぶん、お早くお発ちでいらっしゃいますこと。」

女中は、二人の顔を上眼づかいに見くらべるようにしていた。

「これから、どちらに、おまわりでいらっしゃいますか?」

どこまでも、新婚さんの扱いだったし、露骨な眼で観察されていた。

「青森のほうにいらっしゃるそうですが。」

女中は行く先を気にしている。十和田湖という言葉が奈津井の口から出るのを期待しているみたいだった。

奈津井が「十三潟（じゅうさんがた）」と言うと、ちょっと女中は息をのんだような顔をした。

そこに行っても見るところはないのだ。美しい景色もなければ、たのしい見ものもない。

女中がさがったあとは、また千佳子とふたりだけだった。まだ妻ではなかった。

やはり、以前どおり他人がそこにすわっているのだった。波の音は絶え間がない。

3

青森から五所川原までは、汽車で約二時間かかる。

奈津井久夫も、千佳子も、同じ座席に並んですわっていたが、ほとんど口をきかなかった。二人は、ほかの乗客たちにめだった。ひと目で東京から来た人間とわかるのである。カメラマンとしての奈津井の無造作(むぞうさ)で垢抜(あかぬ)けた服装もそうだったが、千佳子のすっきりした身なりが人の眼をひいていた。

奈津井は、しじゅう、窓の外を向いていた。野は春の花が一時に咲きそろってはいたが、田も畑も貧弱だった。山の間に点在する農家も、見ただけで貧しそうである。

奈津井は退屈すると、スーツケースの中から、カメラ雑誌を取りだして読んだりしていた。

終点の五所川原駅に近づくと、奈津井は立ってスーツケースをおろした。カメラのバッグは、いつも自分の横に引きつけていた。

これだけは、どこに行っても、大切そうにあつかっていた。

奈津井は、千佳子のスーツを次におろしてやった。

「ありがとう。」

千佳子は、夫に礼を言った。

奈津井は、カメラバッグを肩に掛け、スーツケースを片手にさげると、さっさと先に立った。

五所川原駅は混雑していた。農産物の集散加工の中心地のため、田舎の駅とも思えぬくらい人が多い。弘前、青森方面から来る人びとや、鯵ヶ沢方面から来る人、津軽鉄道で金木方面から来る人たちで、狭い駅はごった返していた。

奈津井は、人ごみの間を分けて進む。どうかすると、その後ろ姿が見失われそうだった。千佳子は、背の高い夫の姿を追って歩いた。

駅前に出ると、ここもバスが蝟集していた。駅前の田舎らしい町並みに似合わず、バスだけはいやに多いのである。

奈津井は車掌に何かきいていたが、その中の一台にさっさと乗りこんだ。

運転台の上にある標識には、「十三行」と出ていた。

見知らない町の、見知らないバスに乗るのは、千佳子に、未知の旅路に出た気持を濃くさせた。

乗っている客も汽車とはまた違って、この土地の人ばかりである。

野には桃、桜が咲いているというのに、人びとはまだ厚着だった。男は髭が濃く、女は暗い色の服装をしていた。

「十三潟まで行くんだがね。」

奈津井が、まわってきた女車掌に、眼を上げてきいていた。

夫の横顔を見たとき、千佳子は、ああ、自分は、これから、この人にどこまでもついて行かねばならぬのだ、と思った。

瞬間だが、そのときの意識が、身体のずっと奥に、石のように落下した。

4

バスは白い道を進んだ。

右側は絶えず山を見せていたが、左は平野だった。空には雲があって、照ったり曇ったりしていた。雲は春のものとは思えないくらい重い鉛色(なまりいろ)をしていた。

道は単調だった。山がいつまでもつづいていることに変わりはない。左側の平野も、ときどき、小さな家のかたまりをみせるだけで、ほとんどが広漠(こうばく)とした原野だった。

しかし、この原野には、青いものはなかった。すべてが、灰色(グレー)を基調として統一されているのだ。家も人もそれだった。

奈津井は身体を捻(ねじ)って、バスの窓から一心に外を眺めている。

乗ったときの都合で、千佳子は奈津井から離れた座席にすわっていた。

「十三潟というのは、とても寂しいところだ。見るものといってもなんにもない。だが、それがぼくの野心をそそるのだ。」

奈津井は、昨夜、そう千佳子に話した。

そのような場所は、千佳子にも好ましかった。普通の絵葉書じみたきれいな観光地ではなく、雲の垂れこめた北の果てを見るのは、自分の気持からも弾んでいた。

しかし、このことは奈津井の気持と一致している意味にはならない。多分、カメラマンとしての夫は、仕事の都合だけでその土地を選んだのであろう。が、千佳子自身には、その想像される荒涼とした風景が、今の気持にふさわしかった。

どのような場所に連れて行かれるよりも、心にかなった。

バスは単調に動く。車掌も新しい乗客が乗る時に動くだけで、あとは運転手の傍にすわって放心したように前方を見つめている。その姿がひどく疲れた感じだった。

そういえば、乗客全体も同じ感じがする。話し声も高くはなかった。それもわずかな人だけで、あとはほとんど眼をつむり、半分、ねむったような顔をしていた。

そのバスには、乗客の笑い声が一つもなかった。

ようやく、終点に来た。降ろされたところは、うらぶれた村だった。

停留所の近所に数軒の店があるだけで、それも半分、戸を閉めたようなさびれ方だった。

雑貨屋がある。飲食店がある。理髪屋がある。しかし、そのどれもが、商売を休んでいるような感じしかなかった。

店さきにならんだ商品に、わずかな色彩はあったが、それも、この全体の灰色のなかに埋もれて、色褪(いろあ)せていた。

道は一本だけだった。バスから降りた乗客は思い思いの方角に散っていく。人びとの足早な後ろ姿を見ると、まるで地の中に隠れていくような感じだった。

いつのまにか、奈津井と千佳子の二人だけが残されていた。

寒い風が吹いている。

奈津井は、首を動かして左右を見ていた。気づくと、この町には看板というものがなかった。店の前に小さなものは出ていたが、古ぼけて字も読めなかった。

それに、どの家も表札というものがなかった。まるで人のいない町のようだった。家の間から砂地がのぞいていた。

千佳子は、この風景を見たとき、いつか、こんな町に来たことがあるような気がした。あれはずっと以前(まえ)にみた夢だったか、とにかく、この町を見たのは初めてではないという感じだった。

この場所に、この景色を見て、自分がこんなふうに立っていた。たしかにその記憶が以前(まえ)にあった。雲の重い色も、人の歩いていない道も、低い家並みも、前に見たのとそっくりだった。

「行こう。」

奈津井が言った。

夫はひとりで家の間にはいった。

後ろから歩いている千佳子には、それが、夫でなく、誰か知りあいの人間と道づれになっているような気持だった。

汽車の中でも、バスの中でもそうだったが、この夫は自分なりに勝手に考え、行動しているようである。

しかし、そのことは千佳子を少しも悲しませなかった。かえって、そういう扱いを受けたほうが、現在の心を定着させた。

家の間は、小さな路地になっていた。両側の家は、やはり、くすんだ壁を見せている。荒縄を一本張って、ワカメがボロ切れのように干されてあった。

たがの取れた桶が立てかけてある。桶の中に砂が積もっていた。

路地を出て、はじめて砂丘のひろがりを天地の間に見た。それも白い砂ではなかった。くろずんだ色の砂が、はてしなくひろがっているのである。ゆるく波うった砂丘の上には、雲の多い空が連らなっていた。山は一つも見えなかった。

今まで絶えず山裾に沿ってバスで来たのに、ここでは嘘のように山がないのだ。

砂浜の上には、人の影一つなかった。ただ、柵のようなものが、黒い棒でところどころを区切っていた。

先を歩く奈津井の姿は、自分だけの考えで、わき目も振らずに、砂の上を歩いている感じだった。

千佳子は、そのあとを歩いた。

靴の間に砂がはいった。道らしいものといえば、この一本だけ、砂のかたまった線だけだった。誰かが往来するため踏み固めたような砂の径だった。

千佳子は、崩れそうな足もとの砂を踏みながら、もっと崩れる砂をさがしたい意識になった。

もっと崩れる砂――どんどん崩れて、自分の身体ごとその中に埋まればいいと思った。

歩いて行くと、砂の中に朽ちた船の片側が出ていた。風雨にさらされて暗い灰色になっている。粗い木目だけがささくれ立っていた。

遠くのほうに、黒いものが点々として見えてきた。よく見ると、それは小屋のような人家だった。

すると、前方から、黒い人の姿が歩いてきた。まるで広野の雪の中を、ひとりで歩いてきているようだった。

その人物と奈津井とが、千佳子の見ている前で立ちどまった。

それは、六十ばかりの老人だった。つぎはぎだらけの厚い着物だが、袂のない筒袖で裾も短かった。きたない手拭いを首に巻いた漁夫のような老人だった。

奈津井が何かきいていた。

「ほう、東京から写真写しに来したか？」

漁夫は、奈津井の肩にかかったバッグをじろじろと眺め、あとから来た千佳子にも、大きな眼を向けた。

千佳子が頭を下げると、老漁夫は笑ったが、妙に、孤独な笑い方だった。

「ここもはあ、たいした、さびれ方になってしまったでな。」

漁夫は、それでも、こんなところに人が訪ねてきたのをよろこんでいるふうだった。

「いまだば、こうした砂地獄みたいなところになってしまったしねす。海がだんだん土地を削っていってしまうし。あれ見てけえ。家も半分、埋まってしまいましたじゃ。」

漁夫は、前方の部落を指さした。

「せっかく、東京から来たんだはで、わしが案内してあげますじゃ。なあに、わしも、ここに住んでいる者だはでねす。」

老人は、もと来たほうへ歩きだした。

「あんだがだは、若えから、まだ知らねべども、このあたりは、昔はずいぶん繁盛したところですじゃ。」

漁夫は、奈津井の肩の高さぐらいしかない。歩きながら見上げるようにして、ぽつりぽつり話すのだった。その声が風といっしょに、後ろにいる千佳子の耳にはいった。

「むかしゃ十三潟といえば、裏日本の大事な港として栄えたもんですじゃ。夷船や京船が群らがって、港さへえってきたもんだといいますじゃ。ときにゃ朝鮮などの船もへえったそうです。京船というのは、上方からいろいろ品物を運んできて、この辺の材木や津軽米をかわりに積んで帰ったそうですじゃ。」

奈津井はうなずいて聞いている。老人はまだ話をつづけていた。

「それも水害や火事で、この一村がつぶれたことも、何度かありましてねす。それでも、わしが子供のころまでは、日の暮れどきにゃ、この町にも明かるい灯がともって、三味線などが、にぎやかに聞こえていましたじゃ。それがだんだん廃れてきたのは、津軽鉄道ができたせいもありましたけど、岩木川や、ほかの川がいくつもこの港に注ぎこんで、年々、土や砂を運んでくるからねす。今だば港としての役目は、ほとんどないですじゃ。」

向こうの家が近づいてきた。それも、暗い砂漠の中に建っている廃虚のような感じだった。

「いま、あんだがだも、バスで降りて見たべども、あの町だって死んだようなさびれ方ですじゃ。そいでもはあ、人間というものは妙なもんで、ここで生まれて、ここで暮らしていると、砂のためにあと何年で埋もれることはわかってるども、ああやって、砂原の中に虱のようにとりついていているんですじゃ。」

老人はそう話しながら、ときどき、千佳子のほうを振り向いた。頬から顎にかけて無精髭が伸びていたが、それは真っ白だった。この灰色の景色の中に、老人の髭だけが何よりも白かった。

「ちょっと待ってください。」

奈津井が老人を止めると、バッグから出していたカメラを正面から構えた。

「写させてください。」

「わしを写しても仕方ねえべす。」

老人は笑いを皺の中で浮かべた。

「いえ、ここに来た記念です。」

奈津井は、老人をそこに立たせ、顔を中心に、前から、斜めから、真横から、自分の身体を敏捷に動かせて撮っていた。シャッターの音が、つづけざまに聞こえた。

千佳子は、それをぼんやりと立って眺めている。

この風景の中に何よりも似つかわしいのは、彫像のように立っている老漁夫だった。それを写すために動いている六尺に近い奈津井が老人よりもずっと低く見えた。奈津井の着ている派手な洋服が、このときほどみすぼらしく見えたことはない。

そのシャッターを切っている姿も、彼女の眼から見ると、当人はその仕事に貪婪なつもりなのだが、ただ無意味に見えるだけだった。

この人が――自分の夫なのだ。

千佳子は、自分が別の人間になっているような気持がしていた。ここにいるのは千佳子自身ではなく、誰かほかの女の人のようだった。

千佳子の眼の前から、ある距離がぐんぐん広がってゆく。夫の奈津井久夫との距離ではなかった。ある人との間隔である。

老人は、この地方のむかし語りをつづけている。

家のあるところに近づくと、そこは背の高さほどの板が柵のように打たれていた。

「この板さ使って砂を防いでいますじゃ。たいして役にはたたねけど、それでもないよりましでねす。」

老漁夫は話して聞かせた。

千佳子もその板を見た。年々、土砂のために埋もれてゆく部落を、この粗末な板切れが防御の役をしているのだ。それは、自然の暴威を防ぐには、あまりにも原始的でもろいものだった。

しかし、それでも、この部落に残っている人びとにはどれほどの安堵感を与えているかわからない。

なるほど、砂は板の片側でかなり厚く堆積していた。が、その板も、年々砂の中に短く埋もれてゆくという。

わずか一枚の板が人と家とを防御しながら埋没してゆく姿を見ると、千佳子は、そのはかない抵抗に心が惹かれた。

——これはまるで今の自分ではないか。

砂の死体

1

老漁夫は、奈津井をつれて、部落のなかにはいった。

近づくと、どの家もほとんど傾きかけていた。しかしそれは家が傾いたのではなく、砂が家の周囲を埋めているため、不安定な傾斜に見えているのである。

屋根も、壁も、砂だらけだった。

千佳子は、蒙古の写真を見たことがあるが、その暗鬱な印象は、この風景とそっくりだった。家の中も暗い。あと数年で、ここも、砂が家を埋没するのはわかっていながら、人間の生活がしぶとくそこに居すわっている。

すでに、人のいない家もある。これは砂の暴威にまかせたままなので、ほとんど倒壊しかけていた。

その家も、砂のくる方角は、ほとんど窓を閉ざしている。暗いのは、そのせいだった。光線は、わずかに一方だけしか射しこんでいない。ここは、砂と戦い、砂と生活しているのであった。

暗い家の中に、家族がうごめいていた。孫だという小さな子供が三人、ささくれた畳の上で遊んでいる。

「このがたは、東京からお見えになったがたでし。」

漁夫は、息子の嫁に言っていた。

嫁というのも、三十過ぎだろうが、四十を越したように老けていた。希望のないような疲れた顔をしている。千佳子を見て、眼を大きくしていた。

「なんもねえですけども、はあ。」

茶を出してくれた。

「この辺だば、はあ、遠くまでいがねば水がねえからねす。いづいづ、これが桶に汲んでくるような始末ですじゃ。」

低い上がり框に腰掛けたのだが、土間も畳も、ざらざらとしていた。

外から、一人の男がはいってきた。よごれたカーキ色の作業服を着ていたが、これも頭に手拭いを巻いた漁夫だった。

「おどさま、えしたか？」

はいってきた男は、見知らない都会の客が二人いるので、とまどっていた。

「ああ。まんず、こっちへ、へえりへえ。」

老漁夫が眼を細めた。

その男は、奈津井と千佳子に会釈して、老漁夫のいるほうへ回った。

二人は、そこで立ち話をはじめたが、千佳子の耳には話の内容はわからなかった。言葉がまるで理解できないのだ。

しかし、話の様子からみると、何か相談ごとのようだった。老漁夫は、これでこの辺の相談役らしい。

話は、この地方の訛でつづけられたが、かなり面倒なようである。が、それが一段落すると、千佳子たちにもわかるように、老漁夫は男に言った。

「このがたは、東京から見えたがたでしてえ。写真を写したい、と言っておられますですじゃ。」

老漁夫は、そう紹介した。

「わんざわざ、東京から写真を写しに、こしたところまで来したのかな？」

男は、奈津井の持っているカメラをじろじろと見ていた。

「この辺を写したって、なんもおもしろいことねえんでへんが。」

老漁夫と、その男とは、二人で笑っていた。

「今日は。」

と、奈津井はたちあがった。

「ぜひ、撮ってみたいのです。いろいろとご厄介をかけますが、よろしくお願いします。」

写真を撮るとなると、土地の人の了解がいる。奈津井は、そのつもりで、その男にも挨拶した。

「こした貧乏な村は、村があるということをさ、写真で東京の人にも知らせてあげてけへ。」

男は、自嘲的に奈津井に言った。

「いろいろと、こちらから伺いました。想像はしていましたが、来てみて、おどろいています。けれど、日本にもこういう場所があるということは、ぜひ、カメラにおさめたいのです。」

「まあ、わかれしたじゃ。あなたの好きなように写してけへ。なかには嫌がる人もいるべども、わしからよく話しておくはで。」

「頼みしじゃ。そうしてやってけへ。」

老漁夫も横から口を添えた。

「この人はな、」

と、老漁夫は奈津井に言った。

「この辺の組合長をしている方でし。この人に頼めば、何かと便利をはかってくれますじゃ。」

「よろしくお願いします。」

奈津井は、組合長という男に頭を下げた。

男は三十過ぎの、彫りの深い顔の、がんじょうな体つきだった。

それから、奈津井は、つぎつぎと、カメラを持って走りまわっていた。

家の中や、その周囲や、人物や、それから部落全体やをレンズに入れていた。

千佳子は、奈津井とはぽつんと離れた存在になっていた。彼が仕事に熱中している姿は、自分とはかけ離れている。彼が動きまわっていることと、自分との間には、何の連絡も感情もなかった。

景色は、どこまで行っても灰色を基調としていた。そのなかで奈津井の身体の動きは、古びたフィルムを見ているようだった。

しかし、千佳子は、この自分の感情に少しも疑問を持たなかった。

もし、夫になった奈津井から、何かと気をつかっていたわられても、今の場合、うるさいだけであろう。

彼女は、奈津井の行動とは離れて、一人で砂の上を歩いていた。

どの家も同じように埋没しかけ、暗かった。人も外に出ていないのである。

屋根の上には、重い雲がひろがっていた。空には鳥も飛んでいなかった。家はどれも小さい。そして、それぞれの家々を囲って砂防ぎの柵が伸びていた。日本に、これほどの場所があろうとは思われなかった。まるで地の果てと言ってもおかしくはない。

千佳子は、その家の中を一軒一軒のぞいて歩いた。好奇心からではなく、今の自分の気持に、何よりもその建物のたたずまいが気に入っていた。自分の心がその家の中に吸いこまれてゆくようだった。

自分の新婚旅行としては、これほどふさわしい土地はなかった。これほど似つかわしい景色はなかった。これほど、心に適う色合いはなかった。

家の中で、人が動いていた。暗いのでよくわからないが、その動き方もひどくゆっくりとした動作だった。畳の上にうずくまっている人を何人か見かけた。話し声も聞こえず物音もしないのである。

千佳子は、いつのまにか、一人になっていた。奈津井の姿は、どこに行ったか見えない。カメラを持って、見えないところで動いているらしかった。

千佳子がある一軒の前に来たときだった。

前の家から老婆がひょっこり出てきた。老婆は、ぼろぼろの着物を着て、背がかがんでいた。七十近い年と思われる。

自分の眼の前だけを歩くのは老人の癖だったが、この老婆も、そこに千佳子が歩いているとは知らないで、すぐその前まで、下を向いて歩いてきていた。わき目もふらずといった格好だった。

が、老婆が突然そこで立ちどまったのは、日ごろ見つけない色彩を眼に感じたからであろう。実際、この灰色に統一された単一の世界では、千佳子のスーツの色だけが一点、アクセントをつけたように強かった。

老婆は、千佳子の顔を見上げた。顔中が皺で構成されたような老婆だった。

その皺の中に、落ちくぼんだ眼が二つはまっている。瞳は盲のようにどろんとしていた。千佳子を見上げたのだが、それもどこに焦点があるかわからないくらい、眼がぼんやりとしていた。

老婆は腰を曲げて歩いて去った。

子供のように小さな身体だった。

千佳子が見ていると、一度だけ、老婆は立ちどまって振り返った。そして、丹念に千佳子の遠い姿を覗きこむようにしていた。が、またゆっくりと背中を変えて、砂のなかを歩きだして行った。

その老婆の姿は、この砂に埋もれかかった村の運命を象徴するかのように思われた。

奈津井久夫がいつのまにか現われて、千佳子の横に来た。

彼は顔を上気させていた。

「こんなところとは思わなかったな。期待した以上だ。」

彼は、興奮して言った。

妻だから言ったというのではなく、自分の気持を、そこにいる人間に吐いたというかたちだった。吐かねばならない感動めいたものが、彼にあったに違いない。

「行こう。」

奈津井は言った。

千佳子は、夫のあとから歩いた。

元のほうへ引き返すのでなく、砂の道をそのまま、まっすぐに歩いた。村が後ろへ過ぎた。

相変わらず、荒漠(こうばく)とした砂の世界のつづきだった。

砂原の向こうに水が光って見えた。舟が砂の上に黒く置いてあるので、水は、海か湖だとわかった。

奈津井は、ひと時もじっとしていなかった。前方に歩きながらも、たえずシャッターを切っていた。姿勢は、後ろを向いたり、横にそれたりしている。千佳子だけが自然と一人になって歩きつづけていた。

やがて、湖が彼女の前にひろがってきた。水は、どんよりと重なった雲をそのまま映して、鈍い鉛色をしていた。十三潟だった。

湖岸に小さな舟が干からびたように座していた。ここも砂と水だけである。対岸も灰色の砂地しかなかった。

海が左側に見えたが、蒼い色ではなかった。遠くに岬になった山がつき出ている。

千佳子は、湖のすぐそばまで来た。

乾いた砂は、湿ったものに変わった。

水の中を見入ったが、魚の影もなかった。人ひとりいなかった。振り向くと、奈津井が、砂の小さな山を這いあがっていた。その遠い黒い姿の後ろに、雲が垂れている。

千佳子は、湿った砂の上を歩いた。舟が朽ちたままになっている。のぞくと、網が破れたままほうりこまれてあった。

夫は戻ってこなかった。

湖の上に小さな波が立っている。風があった。かすかに潮の匂いがしていた。

一隻の舟が動いているのでもなかった。砂の向こうから人が現われてくるでもなかった。

千佳子だけをそこに置いて、完全に隔絶した世界だった。

千佳子が朽ちた舟に腰をおろしかけたときだった。急に、砂の上から人影が出た。

奈津井だった。

急いで千佳子のほうに歩いてくる。足を砂に取られてもどかしげな歩き方だった。千佳子は、彼が別なところで写真を撮るためかと思っていると、奈津井が途中から手を振った。千佳子を呼んでいるのだった。

千佳子は、また乾いた砂を歩いた。

奈津井がそこに立っていた。

千佳子が近づいてくるのを見ると、低い声で叫んだ。

「人が死んでいる。」

その声が、はじめ耳にはいらなかった。何を言っているのか、言葉が通じなかったと言っていい。

「人が死んでいる。」

今度は、はっきりと耳が声をとらえた。

奈津井の眼はすわっていた。これまで、カメラを構えてみせたときの眼とは、また別なものである。

「すぐそこだ。」

奈津井は、千佳子に報告するように言った。

あとで考えると、これは、奈津井が千佳子にわざわざ知らせてきたのではない。死体を発見したときの衝撃で誰でもいい、そこにいる人間に変事を知らせる心理だったのだ。誰かに、このことを言わずにおれない衝動だったのだ。

奈津井は、千佳子の返事を聞かないうちに、くるりと背を返すと、また元のほうへ前かがみになって歩きだした。

千佳子は、そのあとから歩いた。人が死んでいると聞いても、さほどのショックは受けなかった。この風景のなかで聞いたのだから、不思議とは聞こえなかった。

奈津井は、ずっと前方に立ちどまっていた。あとからくる千佳子のほうを振り向きもせず、一点を凝視(ぎょうし)してたたずんでいた。

千佳子は、奈津井のそば近くまで歩いた。このとき、砂原のなかに、黒っぽいものが点のように置かれているのを見た。

突然、奈津井が振り向いた。

「死人だ。こっちへこないで。」

命令したように言った。

千佳子は、そこで足をとめた。

そこに人が死んでいる。置かれている物体がそうだと知っても、すぐには実感がこなかった。

奈津井が、突然、肩に掛けたカメラを両手に持ちかえた。

彼は立ったままの位置から、レンズを死体に向けていた。それは、兵士が銃の照準(しょうじゅん)を目標につけている時のような、全神経を集めた慎重な姿勢であった。

千佳子は、二三歩近づいた。

そのとき、はじめて知ったのだが、砂の中から、人間の上半身がはみ出ていた。

頭は、半分を砂に埋め、手だけが、きれいに露出していた。腰から下は、ぼかしたように砂に消えている。

奈津井が、死人に当てたファインダーをにらんで、飛び出るような眼をしていた。

2

千佳子は、死体を見つめた。

死人は男だった。顔を砂の上にうつ伏せている。伸びた黒い髪がもつれて、砂にまみれていた。

着ている茶がかったツイードの織り模様が、千佳子の眼に細かく映る。それだけが、この砂地の死人からちぐはぐに浮きあがっていた。右手を投げだしている。肘(ひじ)を少し湾曲(わんきょく)させ、指の先を軽く握っていた。ちょうど、砂を拾っているようなかたちだった。

腰から下は、砂の中に埋まっている。死体の頸筋(くびすじ)にも、耳の後ろにも、白い砂が、たまっていた。どういう理由で、この死体が半分砂から出ているのかわからない。死人の意思で、這い出たような印象でもあった。

千佳子はハンカチを鼻に当てて、その死体から眼を放さなかった。この索漠(さくばく)とした砂原と、一個の死体とが、白(しら)けた抽象画を見るような感じがした。実感といえば、死体の臭(にお)いである。これはかなり強烈だった。

肘のすぐわきに、ウィスキーのポケット瓶がころがっていた。

奈津井は死体のすぐそばに立って、真上から、入念にシャッターを切っていた。

ファインダーに密着して、鋭い凝視になっている。

風が吹いて、奈津井の髪をそよがせた。彼のオーバーのはしも動いている。それだけに、彼の眼がいっそうに固定した感じを与えた。

千佳子は、夫の動作を眺めていた。

奈津井は、次に腰を折って、カメラの角度を変えた。

死体をカメラでいじっているような具合だった。むろん、角度はひとところだけではない。死体をめぐって、身体は右に寄ったり、左に動いたり、近づいたりしていた。奈津井の動きが、死体の周囲にたくさんな彼の足跡をつけた。

次に、いきなり死体の上にまたがった。それから、死人の頭に、カメラを直線に向けた。死臭も、屍(しかばね)も、彼の感覚にないようだった。

死体の上に両股をひろげて仁王立ちになっている奈津井は、背をかがめてシャッターの音をつづけざまに聞かせていた。彼の片頬は、いくぶん、蒼ざめていたが、その眼は血走っていた。動作も、訓練された兵士のように的確で、乾いたものだった。

奈津井は、死体からやっと片足をはずした。彼は、しばらく、死体をじろじろ見ていた。首を振って、なおも角度をさがしている。それは貪欲な狩猟者が、獲物を捜索している眼だった。

「そこをどいてくれ。」

奈津井は、急に千佳子に叫んだ。こわいような形相だった。

千佳子は位置を移した。

「もっとだ。もっと向こうへ行くんだ。」

奈津井は、手を激しく振った。

彼は、いきなり死体と直角に、砂の上に伏せた。急いでバッグからレンズを出してかえたあとである。

奈津井の新しいレンズは、死体のうつ伏せた頭とは十センチと離れていなかった。ちょうど、死人の耳の部分が、その直線の中心に当たっていた。

奈津井の伏せている姿勢と、うつ伏せになっている死体とは、一組になったように思われた。

だが、違うのは、奈津井がその姿勢を絶えず変えていることである。一方は動かず一方は絶えず蠢動していた。

ファインダーを覗いている奈津井の瞳は、被写体に向かって凝集している。憑かれたような眼だった。

このとき、砂原の向こうに、人の影が三つ現われた。

それは急いでこちらに来ていた。一つは背が高く、二つは小さかった。

奈津井は死体に接近して、腹ばいをつづけていた。シャッターの音だけが次々と鳴った。

雲が切れて、うす日がさした。日はかなり西のほうだった。縞になった光線が海のほうに落ちている。

「あっこでせえ。」

子供がそこまで来たとき、巡査に言った。

巡査は、死体と奈津井の姿を戸惑うように見ていた。

「こら、こら。」

駐在巡査にも、奈津井が何をしているのか、わかったらしい。同時に、狼狽がその顔に走った。

「そこさ近よればまいねねす。あんだ何してるんです?」

奈津井久夫は、その声で、はじめて眼をファインダーから放した。

巡査が恐ろしいような顔をして立ちはだかっている。奈津井は、死体のそばからごそごそと起きあがった。胸から膝にかけて砂だらけだった。

奈津井は、さすがに頭を下げていた。

巡査は、死体のほうへ覗きこむと、猛然と、奈津井に向かった。

「何してるんですば？」

奈津井は、すみません、と言っていた。

「すまんねでば、あんだ、困るべえ。見へえ。」

巡査は、死体の周囲を指さした。そこには、奈津井の靴跡と、彼の身体の伏せた跡とが、砂に荒々しく残っていた。

「ここさ死体があるのを、子供たちが、知らせてきたんで、わしゃ、すぐ飛んできたんですじゃ。誰もこの近くに立ち入ればまいねごとになってるんです。現場保存が第一になってるんだはんでねは。それだのに、あんだは現場をムチャクチャにしてる。」

奈津井も、夢からさめたような顔になっていた。

「あんだは、どこの者ですば？」

巡査は、あわただしく手帳をひろげた。

「なに、東京？」

巡査は、奈津井の言うことを書きながら、顔をながめた。

この死体の発見者らしい二人の子供は、巡査のそばに立って、屍をこわそうにながめ問が綿密なのである。

きないらしい。巡査は奈津井と死体とを、どうやら結びつけて考えているらしかった。尋

返事を聞いて、ここの風景を写真に撮りにわざわざ出向いたというのが、どうも納得で

「東京から何をしに来たですば？」

ている。

「いつ、こらに来した？」

奈津井は、時間と、最初の訪問地の部落を言っていた。

「あの人は、あんだの奥さんか？」

巡査が、離れたところに立っている千佳子を見てきいた。

「そうです。」

「あきれたもんだねは。夫婦して死体を写真に撮っていたのか。」

巡査は、眼を奈津井に戻した。

「あんだは、この死体の名前を知ってるんだべ？」

「知りません。」

「そんだのに知らないものが、どして、あんなに、何枚も死体の写真を撮るんですば？」

「知らなくても撮ることがあります。」

「ふん。この名前は、偽名ではねえんだべ？」

巡査は、手帳を覗いた。

「嘘ではありません。きいていただければ、すぐわかることです。」

「ほんとに、あんだ方は、この死人を知らねえんだべねす?」

「ぜんぜん、知らない人です。今、そこを歩いていて、はじめて、この死体が置いてあるのがわかったのです。」

「それで写真を撮ったっていうのか。困った人だちだ。」

巡査は、死体の周囲の靴跡を心配していた。

自殺とも他殺ともわからないが、とにかく変死なのである。上司が到着したとき、現場の荒らされていることを発見されたら、どんなに怒られるだろう。

巡査がいらいらしながら、奈津井に怒っているのは、当然だった。

「あんだだちが、この現場を荒らしまわったはんで、もし他殺だったら、面倒なことになるかわからねえな。」

巡査は、死体の周囲を指さした。

動きまわった奈津井の靴跡だけが、砂の上に乱れている。

だが、犯人の足跡などありようはなかった。死体は古いものだ。現に、奈津井がそこに来たときには、子供の足跡しかなかったのだ。

しかし、その小さな発見者の足跡も、奈津井が半分は消している。

いのである。

奈津井は、それを弁解しようと思ったが、黙った。巡査の言うことに反駁のしようがな

「この住所に、あんだはちゃんと居るんですべ？」

巡査は、疑うように、なおも手帳に控えた文字を見ていた。

間違いなくそこに居住していると答えると、巡査は、これからの彼の行動をきいた。

「今夜の汽車で、仙台へ行くつもりです。」

離れたところで聞いていた千佳子は、その声に顔を上げた。いままで、そのようなこと

は一言も言わなかった夫である。

「仙台は、何の用事で行くんですば？」

巡査は、奈津井を覗きこんできいた。

「べつに用事はありません。ただ遊びです。」

「遊び？　へえ、そりゃ結構なことだな。」

ここで、巡査の眼も千佳子を見て、やっと気づいたようだった。

「あんだだち、新婚旅行か？」

「そうです。」

「ふむ。」

巡査は、意外という顔つきをした。しかし、そのことで、巡査の表情もよほど和らいだ。

「新婚旅行に、こしたところまで来たのか?」

「はあ。ぼくはカメラマンですから、こういう景色が、写真に絶好なんです。」

「なるほど。で、写真を写してる間に、この死体を発見したというんだな? そしてカメラに撮ったっていうわけか?」

「そのとおりです。すみませんでした。」

「そりゃ、あんだの話を聞けば、もっともだと思うところもあるけど、なにしろ、困ったことをしてくれたもんだな。」

巡査は、あとから到着するであろう本署の上司たちにどなられることに屈託していた。

「あとで、このことで、あんたに証言してもらうことになるかもしれん。」

巡査は、またむずかしい声になった。

「この住所に、警察のほうから連絡があったときは、必ず出頭するようにな。」

「ここまで来るんですか?」

「いや、東京の警視庁のほうに依頼するから、それですむかもしれない。だけども、あんだ。」

巡査は、思い返したように言った。

「ことが面倒になると、あとで、ここまで来てもらわねばならなくなるかしらねえねは。」

「わかりました。」

奈津井は、死体を振り返った。

カメラの眼から離れた彼は、ふだんの眼つきになっていた。

千佳子は、夫のあとから歩いた。

もしあれが自殺ならば、死んだ男は、まったく自殺にふさわしい死に場所を選んだものだ、と彼女は考えた。

かなり砂の上を行ってから振り返ると、砂原の向こうに巡査の姿が立っていた。小さな二人の子供も立っている。

灰色の砂原の上に、やはり陰鬱な空が広がっていた。立っている人の姿よりも、砂の上に横たわっている死体のほうが、この景色の中では主人公であった。

3

仙台駅からタクシーに乗って、松島に着いたのは、まだ朝の九時ごろだった。

海の陽が、大小の島々と波を斜めから当てていた。早い朝で、人もあまり集まっていなかった。車を降りたところが、モーターボートなどの発着場になっている。

片側に旅館や茶店が並んでいた。

奈津井が、茶店に一人ではいって、何かきいている。多分、旅館のことにちがいない。

店から出てきた奈津井は、千佳子のほうを見て、招くように、ちょっと肩をそびやかした。彼はすぐに旅館の間の小さな路にはいっていった。

千佳子が従うと、急な石段を、奈津井が先に登っていた。石段のはしに落ち水が凍っている。

石段は高かった。しかし、両側の斜面はきれいな芝生になっている。短い松が手入れのとどいた枝ぶりを見せて這っていた。

中途で平らな段があったが、また上につづく。

路は直線ではなかったので、曲がるたびに海が下にずり下がってひらけた。その位置ごとに松島湾全体がひろがっている。

竹垣の間に門があったが、それをくぐると、建物が二つに分かれていた。

左側に藁屋根のついた茶室風な家が二棟並んでいた。

ここまで来ると、女中が二人で出迎えて待っていた。多分、下から上がってくる客の姿を、さっきから見おろしていたにちがいなかった。

奈津井が女中と短く問答を交わしていた。

千佳子は、話のすむまで、その位置にぼんやり立っている。眼は藁屋根の茶室に向けられていた。その周囲はさらに古めかしい庭となっていた。

千佳子の眼に映ったのは、その右側の茶室の沓脱ぎの上に、女ものの杉下駄が一足きちんとそろえられてあることだった。

杉下駄は宿のものらしい。鼻緒の紅色がわびのあるたたずまいのなかに目だった。茶室は普通のものより大きい。

千佳子は、はじめその下駄を女中のものかと思った。しかし、それはあまりにも几帳面に、一分の隙もないようにそろえられすぎていた。女中のものだったら、こんな置き方はしない。下駄のあるじは茶室の中にいる。むろん、婦人客にちがいなかった。

「お疲れさまでございます」

女中が、千佳子のスーツケースを受け取った。

玄関も、二階へ行くまでの廊下も、座敷も、およそ古びたものだった。座敷に通ってわかったのだが、ゆったりとした間取りだが、大時代な造り方だった。床の間の軸も古色のついた南画である。

挨拶した女中は、四十ぐらいの年配だった。

「ずいぶん、旧い家ですね」

奈津井が言った。

「はい、大正の終わりごろに建て替えたものでございます」

女中は年配だった。

「建て替えた？ すると、この旅館は、その前からあったのですか？」

「はい、さようでございます。明治四十年にできたそうでございますが。」

ふるい話だった。女中が身体を少し曲げて、欄間の額を指さした。

「これなどは、先々代が、伊藤博文公にいただいたものだそうでございます。」

気づくと、鴨居のうえに横額が掛かっている。「望洋閣」と闊達な字が走っていた。旅館の名前も、伊藤博文がつけたというのだ。博文と聞いて、ここにすわっているのが、考古館か何かにいるような気がした。

それでも、座敷の外には広い縁があって、籐椅子が向かいあって据えてある。松島湾がそこから真正面だった。

奈津井は、女中が引きさがると、広縁のはしにつっ立って、腕を組んで、眼下の展望を眺めていた。

景色は絵葉書のとおりである。すぐ前の突き出た岩の上に、八角堂がのっていた。朱塗りの長い橋が、島と陸との上にかかっている。遠くの島は、陽の加減か淡くなっていた。カメラを取りだすでもなく、奈津井は腕組みして風景を見ているだけだった。このような景色は、奈津井のようなカメラマンには気に入らないふうだった。

「疲れた。」

奈津井は、千佳子に言うともなくつぶやいて、椅子の上に大儀そうに腰をおろした。

千佳子は、立って、広縁にいる夫のところへ行く義務があるような気がした。それは、義務といってもよかった。気持は動いていなかった。

奈津井と向かいあって椅子に掛けると、彼は少しまぶしそうな眼つきで、彼女を眺めた。

「きみも疲れただろう?」

奈津井は言った。友だちに言っているような口調だった。

「ええ。」

夜汽車で通してきたことは、やはり身体のどこかに疲労を残している。頭が重かった。

下のほうから、拡声機に乗った声が聞こえていた。

——松島湾一周の観光船は、ただ今から出航します。ただ今から出航します……。

「松島というところは、」

はじめから、千佳子の返事を期待しない言い方で、奈津井は口を開いた。

「つまらないところだね。こういうところは一時間もいると、あくびが出るな。」

十三潟の荒涼とした景色と、砂の上の死体に興奮していた奈津井には、そのとおりかもしれなかった。

千佳子も別の意味で、この景色に興味がなかった。

島には松の木が飾りのようについている。島と島の間に、海がひらき、海が閉じていた。色彩も豊富なのである。

しかし、千佳子には、見ていて単調で平板な光景だった。十三潟よりも、数倍乾いた風景に映った。

遊覧船が、小旗を連らねていた。


「ごめんくださいませ。」

襖の陰で、女中の声がした。

襖はしまったままでいる。女中の遠慮そうな声はむろん、こちらを若い組と考えているからだった。女中は二度も声をだしてから、伏し目がちにはいってきた。

「あの、こちらは、お初めてでございますか？」

初めてだ、と奈津井が答えると、

「それでは、宿の者が、湾内をご案内申しあげたいと申しておりますが。」

と、静かに申し出た。

「さあ、どうしようかな。」

奈津井は、どっちでもいいような様子だった。

「せっかく、いらしたんですから、一度、ごらんになってはいかがでしょうか。ねえ、奥さま？」

眼の細い女中だったが、首を少し斜めにして、千佳子のほうをうかがった。千佳子は黙っていた。実際は、そんなものを見たくなかった。

廊下に出ると、宿の若い男が法被を着てうずくまっていた。

「私がお供させていただきます。」

建物も旧いが、由緒のある旅館であった。万事が格式めいている。おおらかにできているが、旧いだけにそこはかとない退廃が、廊下にも、階段にも、玄関の敷き台にもただよっていた。

二人は玄関から庭石を伝った。若い男が先に立っている。芝生はそこで区切られて、この家にはいるときに見た茶室構えの藁屋根が、陽を正面に受けていた。千佳子は、また、沓脱ぎの上に一分の隙もなくそろえられている女ものの杉下駄を眺めた。

急な石段をおりた。芝生の斜面にも石ぐみがある。途中の展望台らしいところに、かつての、高貴な方の記念碑らしい石が立っていた。

海岸の広場に出ると、ずっと人が多くなっていた。観光バスもそこに来ていて、団体客が歩いていた。

宿の男は、漁船にモーターをつけたような周遊船の船頭と短い言葉で交渉していた。

奈津井と千佳子がすわらせられたのは、ガラス窓のついている船の中央だった。畳が敷いてあって、火鉢と座布団が出ている。火鉢の火は、灰の中で小さく埋まっていた。

船は客席のすぐ前の船頭の運転で、出発した。宿の若い男は、島が近づくにつれ、説明をはじめた。発動機の音で彼の声はよくわからなかった。

船は、島をすれすれに縫って走った。

島を通るたびに、岩のかたちに名前がついている。番頭は、いちいち、それを指さした。ここから見ると、陸が逆に島陰に隠見して動いた。海岸は旅館の建物ばかりで、パークホテルの洋館が中心だった。

船は一定の遊覧コースを、義理がたく歩いている。

奈津井は、畳の上に膝を投げだして、どっちでもいいような眼つきで、窓を見ていた。船の方向が変わるたびに、陽ざしが違ってくる。こちらから見ていると、奈津井の姿に、さまざまな方向から照明が当てられているようなものだった。

この人にも過去があるのだろうか。

千佳子は、ふと、そんな気持になって、夫を眺めていた。新しい眼になった。

なぜ、彼は見合いのすぐあとに結婚を申しこんできたか。交際ということもなかった。千佳子が気に入ったというのは、仲人(なこうど)を通じての返事だったのだ。

それなのに、まだ式を挙(あ)げてわずかな経過だったが、彼女といっしょにいるときの奈津井の様子は、彼女がぼんやり持っていた想像とは違っていた。彼は妻に少しもやさしい眼を向けるではなかった。どうかすると、路傍(ろぼう)の女を見ているような眼をする。

彼女の意識が、そのような印象で受け取っているのか。

奈津井の態度は、新しい妻に体裁を悪がっているというふうでもなかった。格好がつかないので、てれ隠しで知らぬふうをしているというのでもなかった。彼のその態度は自然のままとしか思えない。

千佳子から見ると、奈津井久夫という夫は、ひどく女を知ってきているようでもあり、まるきり知らないみたいでもあった。そう感じさせる、ちぐはぐなものが夫の態度に見えた。その不統一さは、どこからきているのであろうか。

船が揺れた。

島が少なくなって、反対の島の群れへ渡るところだった。

沖のほうに、うっすらと蒼い色で細い山が伸びていた。

千佳子が見つめていると、その視線に気づいたのか、宿の者が何か言った。

発動機の音で消えたが、

「あっちのほうは、金華山です」

と、二度目に耳にはいった。

千佳子は、淡い色で見える島にうなずき、凝視をつづけた。

金華山――。

千佳子は、この名前が好きだった。豪華な文字をもっているくせに、荒い波の中に突き出た小島だった。

むろん、千佳子はそこに行ったこともない。地図の上でなじんでいるだけだった。

今も、べつにその島が見えるでもなかった。番頭の説明によれば、淡く伸びているのが牡鹿(おじか)半島で、その先に金華山があるというのである。

千佳子が見ているうちに、たちまち、また松をのせた盆栽(ぼんさい)のような島が走ってきて、それを隠した。

千佳子は、金華山のある方角を眺めていた自分が、いつのまにか連絡のないことを同時に眼に浮かべていたのに気づいた。

宿の茶室の沓脱(くつぬ)ぎにそろえられた女ものの杉下駄である。実に関連もなく、不意にそれが眼に浮かんだものだった。

船から上がると、宿の男は、お疲れでございました、と、二人に挨拶した。

海岸は前よりはずっと人が出ていた。すぐ横に着いている塩釜(しおがま)行きの遊覧船が、拡声機で客を誘っていた。昼近くなると、この辺も、ようやく観光地らしい賑(にぎ)やかさになっていた。

千佳子はまた高い石段を登った。船で一周したが、ここで見ているよりも、もっと気持がざらざらとしていた。

奈津井も不機嫌そうに、宿の男のあとを登っている。

千佳子には、小さいひそかなたのしみがあった。それは、あの杉下駄を茶室風な離れの沓脱ぎの上にふたたび見る期待だった。

宿の客用の下駄なのだが、あの場所に置かれていると妙に印象に残る。

それは、一つはその茶室がひっそりと戸をしめているところからくるのかもしれなかった。杉下駄の客は、その藁葺きの建物の中にこもっている。

むろん下駄だけで、その客の風貌を想像するのは不可能だが、千佳子には、おぼろな幻像が浮かぶようだった。

その場所の見える位置に来た。

千佳子は茶室を見たが、沓脱ぎには杉下駄がなかった。陽が石だけを明かるく照らしている。ここを出る時は、その下駄を眼に納めたのだが、それが消えている。

玄関に戻ると、同じ杉下駄が脇に何十足となく置かれてあった。紅緒のついた女下駄も何足かあった。しかし、あの沓脱ぎに脱がれていた杉下駄が、この中にあるとは思えなかった。千佳子の想像だが、茶室の客は散歩にでも出たと思う。

奈津井が女中にきいた。

「向こうの離れにも、泊まれるの？」

その質問を横で聞いたとき、千佳子は、ああ、奈津井も、やはりあの下駄に気がついていたのだ、と思った。奈津井も杉下駄が沓脱ぎになかったのを見て、女中に初めてそうきいたのかもしれない。

「はい。」

女中は遠い眼つきで、建物のほうを向いた。

「お客さまのご希望で、お泊めしております。」

「今もお客さんがいるのかね？」

「はい。」

女中はそれだけ言って、客のことをくわしく答えなかった。

話はそれだけだった。千佳子が関心を持っていたように、奈津井もその下駄のことが印象に強かったのかもしれない。あるいは写真家としての彼が、その感覚で気づいたのかもしれなかった。

部屋に戻って、広縁の籐椅子に掛けた。ガラス窓にはいま自分たちが船で歩いた景色が蒼い水をたたえてひろがっている。

「お疲れでございました。」

女中が茶を運んできた。

このとき、千佳子は空に爆音を聞いた。

小さな機体が陽にきらりと光っていた。

「東京からの旅客機でございますわ。仙台の飛行場に降りるところです。」

女中は千佳子に説明した。

爆音は、かすかになった。

何もすることはなかった。奈津井は、カメラを取りだして座敷にすわり、手入れなどやっていた。

女中が顔を出した。

「ご退屈でございましょうから、少し、ドライブをなさってはいかがでしょうか？　べつに、これはと思うようなところもございませんが。」

「どこに行くのだね？」

奈津井がきいた。

「石巻あたりはいかがでございますか？」

千佳子に、もう一度、茶室の沓脱ぎを見る機会があった。石段の下で待っている車に行くとき、その場所を通ったのだが、やはり杉下駄はなかった。

石巻の町は、川をはさんで家が集まっていた。ここでは、知らない土地を見たというだけで、新しい感動はなかった。川は北上川である。

「この上流は岩手県になっています。啄木の渋民村あたりが上流なんですよ。」

運転手は説明した。

しかし、雑駁としたこの街を流れている川は普通の川で、啄木の歌に織りこまれたような情感はなかった。

退屈な、四時間近いドライブから帰った。

宿の玄関にはいるとき、千佳子は沓脱ぎの上に、ふたたび女の杉下駄を見た。なんとなく安堵した。客は戻っている。しかし、相変わらず、茶室の表は、ひっそりとしまっていた。

しかし、千佳子をはっとさせたのは、その杉下駄の脱ぎ方だった。それは乱れていた。彼女の最初の印象の中にある、あの一分の隙もないくらいのきちんとしたそろい方ではなく、下駄の片方ずつが、位置も間隔もずれていた。

千佳子には、その下駄のあるじが、そんな乱暴な脱ぎ方をする女（ひと）とは想像できなかった。彼女の幻影は、静かで、しっとりと落ちついた女のひとを想像している。

これは最初の印象が強かったので、自然と、自分で見たこともない女（ひと）を、そのようにつくっていたのだが、その女（ひと）があんな脱ぎ方をするとは考えられない。

千佳子はなんとなく、その女（ひと）に変化が起こったような気がした。起こったとすれば、その客が外に出た間である。

羽田(はねだ)空港

1

作家の富永弘吉は、羽田空港のロビーで、四五人の連れと話をしていた。連れは編集者が多かった。夜の七時ごろである。

中国を訪問する作家がいて、それを見送りに来たのだが、まだ早いので、時間待ちの間をしゃべっていた。

国際線は、人ごみですわる場所もない。わりにすいている階下の国内線の長椅子に、この小説家は太平楽に膝を組んでいた。

「お出迎えの方に申しあげます。仙台よりの全日空機はただいま到着いたしました。」

富永弘吉には関係のないアナウンスである。

彼は編集者相手に、おもしろそうに話を続けていた。

「このいだ、十和田湖のほうをおまわりになったそうですが、どうでした？」

若い一人がたずねた。

「よかったな。行っただけのかいはあったよ。なにしろ君。新緑の麓を登っていくと、頂上が雪におおわれた真冬の景色なんだ。向こうの山を見ると、ぱっと燃えるような新緑に変わる。こいつがまた奥入瀬のほうに下ると、吹雪さえ見えている。

いろいろ旅をしたが、ああいうところは初めてだったな。」

「カメラの奈津井君がいっしょだったそうですね？」

「そうなんだ。」

富永弘吉はニヤリとした。

「奴さん、新婚旅行を途中でおっぽりだして、ぼくについてきたんだ。いや、今の若い人はわからないね。いっしょにぼくと来た角谷君にも、そう言ったんだがね。仕事仕事って、今の若い人は、みんなああなのかな？」

「先生のお若い時代と、ずいぶん、変わりましたね。」

「変わった。ぼくらは遊ぶほうが多かったからな。」

「今の若い人は、仕事に熱心なものですよ。遊びは遊びとして、仕事となると、がむしゃらですからね。」

「いや、ぼくらのころは、遊びか仕事か区別がつかなかったが、奈津井君の様子を見て、こちらが大いに教えられたよ。」

「で、奈津井さん、最後までついてきたんですか？」

「いや、奈津井君だけは、たしか浅虫に行ったはずだ。そこに、新婚の奥さんを待たしていたわけだからね。」

「奈津井君は、優秀ですね。ぼくのほうにも仕事をしてもらったことがありますが、なかなか好評でしたよ。」

「あの連中は、今、しのぎをけずっているよ。」

と、別な編集者が言った。

「同時代に出てきた新進カメラマンが、ざっと数えて十人以上います。その中で、奈津井君級に有望視されているのは、まず、五人でしょうな。」

「そんなところだろうね。」

と、他の編集者も相槌（あいづち）を打った。

「ですから、先生。その五人が、目下、互いに、必死にせりあっているというところですよ。新婚旅行なんかにかまっちゃいられません。」

忍び笑いが起こった。

「奴（やっこ）さん、まだ東京に戻っていませんよ。」

「ほう。まだかい？」

「そうなんです。うちで仕事をお願いしようと思って、電話したのですがね。まだ戻ってない、ということでした。」

「やはり、君。若いんだな。」

作家がニヤリとすると、

「いえ、勘違いしちゃいけませんよ、先生。奈津井君は仕事でねばってるんだと思います。」

「へえ。」

「奴さんは、今、展覧会の制作で一生けんめいですからね。なにしろ、いま言った、七八人の若い者だけで、今度、R新聞社主催の合同作品展があるんです。こいつがまず、本年度の写真界の見ものでしょうな。そのため、連中は血眼ですよ。」

「へえ、そんなことかね。で、その作品展は権威があるのかね？」

「今年からの試みですが、写真界では、かなりな話題を呼んでいます。なにしろ、連中がいっしょに合同展を開くのは、これが皮切りですからね。企画は、事業部次長の久世さんがやったのですが。」

「ああ、久世君。」

作家は知っている名前とみえてうなずいた。

「あの男、まるっきり仕事はしていないようだが、そんなこともやってるのかね？」

富永弘吉は不思議そうな顔をした。

「ぼくの知っている久世君といったら、社には出てこないで、そのかわり、銀座や赤坂あたりのバーで飲んでる男だがね。」

「しかし、あれはあれでいいんですよ。新聞社のほうもそれを認めているんです。なにしろ、不思議な才能がありますからね。あの新聞社が、これまで、びっくりするような世界的な企画に成功したのも、久世さんがいるからです。普通なら、あんな出勤の仕方をしていたら、とうに馘首になるところですがね。部長も、久世さんには一目おいているそうです。」

不思議な男だと、作家もそれは認めた。

「あれはモテるだろうな。なにしろ、男前だし、中年の魅力は満点だし、フランスばりの紳士だし、身だしなみはいいし、センスはあるし、金は持ってるときてる。ぼくとはだいぶ違うが。」

「まったくですよ。」

と、口をすべらせた男は、

「いや、先生がどうのというのではありません。あなたのご意見にまったく賛成だという意味です。いや、われわれが見ていても、久世さんがバーのカウンターに片肘を突きましてね、静かにコニャックか何かを舐めてるところを見ると、ちょうど、若いころのジャン・ギャバンを見てるような苦み走った、いい男っぷりですよ。ぼくらも、あんなふうになりたいと思いますよ。」

「君ではだめだ。」

と、作家は一蹴した。

「君の男前だったら、せいぜいトリスバーの女の子に、借金を催促される程度だろうね。」

このとき、別な編集者が、二階の国際線ロビーから駆け降りてきた。

「先生。ぼつぼつ出発ですよ。」

「おう、そうか。」

富永弘吉が立ちあがったときだった。

眼が偶然に、全日空の出口に向いたが、折りから、飛行機を降りたばかりの客がぞろぞろと出てきている。

その列の中に、一人の男の姿を見て、小説家は、あっと口の中で言った。

その列の中に、一人の男が、ダスターに手を突っこんで歩いていた。がっしりとした体格の、背の高い男だった。

「久世君、久世君。」

富永弘吉が大きな声で呼んだ。

コートの男は立ち止まってこちらを見た。

髪の毛をもじゃもじゃさせた、三十七八ぐらいの男だった。強い線の顎をしていたが、眼が柔和に笑った。

「あ、富永さん。」

先方からこちらに歩いてきた。

ほかの編集者が息をのんだものである。たった今、話題にしていた本人がそこに現われたのだ。

「いま、君の噂をしていたところだよ。おかしいな。」

作家は首をひねった。

「そうですか。」

「いや、どうもおかしい。噂をすれば影というが、君が飛行機で本物の影をここに落として現われるとは、思わなかった。」

「どうせ、ロクな噂ではないでしょう。」

R新聞社事業部次長の肩書きが、この男の持っているものだったが、きちんとして、しやれた身なりだった。だがその几帳面さのどこかに、くずれを感じさせた。

ほかの編集者も久世に会釈をした。

「やあ、これは、おそろいで、何です？」

久世俊介は一同を見まわした。

「いや、なにね。いまA君などが、中国に行くところでしてね。それを見送りに来たところさ。」

「ああ、そうですか。なるほど、今日でしたね。」

「君はまた、仙台からとは、珍しいじゃないの？」

「ええ、ちょっと用事がありましてね。」

「どうだった、向こうは？」

「いいですね。新緑だから。」

「ぼくも、このあいだ、十和田湖に行ってきたところだ。」

「あっちのほうは、いいでしょうな。」

「あれで、気ままな旅だと、なおよかった。なにしろ、雑誌社のお仕着せだから、手放しに喜んでもいられなかった。そうそう、君も知っているはずの奈津井君というのが、雑誌社に頼まれていっしょにまわったよ。」

「ああ、奈津井君。」

久世俊介は、軽くうなずいた。

「あれだったら、腕は確かですよ。」

「腕はいいか知らんが、仕事にガリガリな男で、ぼくは少々気にくわなかった。なんだそうだね。君があういう連中をけしかけるので、連中、少々のぼせているそうじゃないか?」

「とんでもない。」

久世俊介は微笑した。普通だと、少し苦味のある顔だが、笑うと少年のように愛嬌が出た。

「ぼくは、ただ、若い人に声援しているだけですよ。」

「いや、実は、今みんなとも話していたのだがね。」

と、作家は自分の後ろにいる編集者たちを、顎でしゃくった。

「今度新鋭のカメラマンばかりで蹴合わすんだって?」

「蹴合わすというのはひどいな。競作をやらせてみたいんです。みんな優秀な人ばかりですからね。」

「そりゃおもしろいだろう。さしずめ、奈津井君なんか張りきるだろうな。」

「あの人は、なかなかがんばりやです。」

「がんばりやもいいところだ。いまも話したところだがね、新婚旅行の途中を、ぼくのところへぬけてきたんだから、ちょっとしたサムライだよ。新婦を浅虫に待たしておいてね。」

「そうでしたか。あの人、新婚旅行でしたか。」

久世俊介がうなずいたときだった。作家の横にいた編集者が、

「先生。おそくなりますよ。」

と、うながした。

「いや、どうも。じゃ。」

と、富永は久世に会釈した。

「失礼しました……。ぼくもAさんたちをお送りしなければならんのですが、少し急ぎますので、失礼させてもらいます。たしか、うちの社からも誰か行ってるはずですから。よろしくおっしゃってください。」

「じゃ、失敬。」

久世を知っているほかの編集者も、軽く頭を下げた。


久世俊介は、一人でスーツケースを持って空港の玄関に出た。

車のたまり場にハイヤーが並んでいた。

久世俊介は、その窓をいちいち眺めて歩いていたが、その一台に女の影がうつっているのを見て近づいた。

同時に、車の中から窓ガラスを軽くたたいた。中の灯(ひ)は消えていた。

そばに立っている運転手がつと寄ってきて、ドアをあけた。

久世俊介は、背をかがめて乗り、すわっている女の横に腰をおろした。

行く先は、女が運転手に命じていたのだろう。車はすぐに走りだした。

「おどろいたわ。」

久世俊介の耳もとに小さく言ったのは、よく通るきれいな声だった。淡い色の着物を着ている。頸筋(くびすじ)をきれいに見せて上に上げた髪が、窓からはいる風にそよいでいた。

空港の灯が、自動車のまわるにつれて、女の頰(ほお)に動いた。三十歳ぐらい、細おもてで切れ長の眼のやや古風な顔立ちに、光線のたゆたいが彫りの翳(かげ)をくっきりと見せた。

「あの方、富永先生でしょ?」

「ああ。知ってたんですか?」

「いいえ、写真でだけ。わたくしが、あなたとごいっしょだったこと、気がつかなかったようでしたわね。」

「多分、知ってないでしょう。」

久世俊介がパイプを口にくわえ、煙草をつめてライターを鳴らした。それから、すわり心地を直すようにして身体を動かし、煙を吐いた。

「わたくし、久世さんが呼び止められたものだから、びっくりして、ほかの人の後ろに隠れたの。よかったわ、気づかれないで。」

久世俊介は黙っていた。

車は、もう、空港の灯を失い、競馬場のように半円を描いたフィールドのはしをまわって、ネオンのついた街を目ざしていた。

「あの男、奈津井君といっしょだったそうですよ。」

「そうね。」

「なんだ、知ってたんですか？」

「奈津井さんが、ご披露から一人でぬけて、富永先生とごいっしょだったのは、わかってました。」

「ほう。どうして？」

「わたくしのお友だちが、あの方のお仲人さんと知りあいなんです。それで話を聞きました。」

「へえ。」

久世俊介はまた煙を流した。ちょっと考えているような眼だった。

「ほんとうかな？」

「何が？」

「いや、お友だちから聞いたというが、ぼくは、なんだか、あなたが奈津井君から直接に聞いてるような気がするな。」

「そんなことはありませんわ。ここのところ、奈津井さんとは、すっかりご無沙汰ですもの。」

女は少し躍起になったように答えた。

車は狭い路を通りぬけて、京浜国道を走っていた。

「富永さんは言ってましたよ。奈津井君は、新婦を浅虫に待たしていたんだそうですね。」

「そうですか。」

女は低い声で、

「なんでも、はじめの予定は、松島から裏磐梯のほうにまわるということでしたわ。」

「松島？」

久世は軽いおどろきを見せた。

「それじゃ、予定どおりだったら、ぼくらとかちあうところだったですね。」

「そうなんです。」

「じゃ、あなたはそれを知ってて、松島に行こうと言いだしたんですか？」

「いいえ。それとこれとは関係ありませんわ。」

「ぼくらが泊まったシーショアホテルか、それとも、あなたがぼくを待っていた望洋閣に、奈津井君たちが泊まっていたら、鉢合わせしたことになる。」

「いいえ、あの人たちの発ったあとだったはずですわ。でも、仙台の飛行場に行ったとき、あなたが宿を変えるとおっしゃってよかったのかもしれません。あるいはかちあうところだったかも……。」

明かるくなった街の灯が、ふたたび彼の横顔をうつした。

久世の黙っているときの顔は、がっしりと岩のような感じを与えた。

「何を考えてらっしゃるの？」

「…………」

「奈津井さんのこと？」

女は、彼の横顔を見つめていた。

「松島のことは、そりゃ関係がないとは言いませんわ。でも、それはずっと先に行ったときの記憶を、奈津井さんのことで思いだしたんです。わたくしの気性をご存じでしょ。思いたったら、じっとしていられないんです。奈津井さんに関係したことといえば、わたくしの記憶を呼びさましてくれたことだけですわ。」

「どういう記憶ですか？」

「昔のことですわ。まだあなたを存じあげないときの。」

「竜崎さんと結婚された当時ですね？」

女はそれに直接の答えをしなかった。

「いやなところだけは忘れてしまいました。でも、十年前の景色だけが残っているんです。だから、わたくし、久世さんとぜひごいっしょしたかったんです。」

「つまり、あなたの記憶の半分を、ぼくといっしょに行くことで新しい部分に接着させせようとしたわけですね。」

「そこまでお察しになるのでしたら、申しあげることはありませんわ。」

女は、久世俊介の顔から眼を窓に移した。通りの灯がしだいに増えてきている。

「このままお別れするのは、なんだか、あっけないみたいですわ。どこかでお茶でものみません？」

「いや、このままお別れしたほうがいいでしょう。あっけない別れのほうが、ぼくたちにふさわしいですからね。」

「どうして？」

「仙台の清潔な空気を、東京なんかの喫茶店でぶちこわしたくないんです。」

「お上手をおっしゃること。」

女は軽く笑った。

「じゃ、ようござんす。勘弁してさしあげますわ。でもまっすぐお家にお帰りになるんではないのでしょ？」

「ひとりで、ちょっとだけ酒を飲みたいんです。」

「殿方は結構ですわ。そんな、気のまぎらわし方があって。わたくしなど、ひとりで帰って、仙台の空気をそのまま家に持ち帰るんですもの。」

男は、返事をしなかった。女は外の流れる灯を見つめている。

「何か考えていますね。」

と、今度は久世俊介が言った。

「わかりますよ。ご主人のことでしょう。」

女は眼を動かしただけで、しばらく黙っていた。

「竜崎のことなんか、いまさら考えたって、はじまりませんわ。シンガポールで、のびのびと羽をのばしているでしょうから。」

女は皮肉な微笑をちらと浮かべ、そのままかたい表情になった。

2

久世俊介は、車から降りると、クラブ〝パミール〟のドアを押した。

パミールは、バーの多い裏銀座ではなく、田村町(たむらちょう)のビル街の一画にあった。

通りに、灯をうけて光っているドアには、会員外のお方は、遠慮していただきたい意味の断わり書が、細い金文字でついている。ドアをあけると、すぐ大理石の狭(せま)い階段が下降していた。久世俊介は靴音をたてて身体を沈めていく。

降りきったところに、もう一つドアがあって、それを押すと、表の狭い入口の効果を考えたように、急に広い店内になる。

立っていたボーイが、笑顔でうつ向きながら寄ってきた。

「いらっしゃいませ。」

手にさげていたスーツケースを、両手で受け取った。

「ご旅行でございましたか？」

久世俊介は笑っただけで、カウンターの前をよぎり、卓の一つについた。バーというよりも、レストランの構えに近い。

眼の向かうところに壁画があったが、やはりこのクラブの会員で、高名な画伯の意匠だった。

ホステスは一人もおかない。店も混雑しないのが特徴だった。

蒸しタオルで、手を拭っている時、久世俊介の顔に、疲れた、という気配が、そのときだけわずかばかり覗いた。

「いつもの……。」

と、タオルを返しながら、ボーイに注文した。

背中を後ろに倒して、ポケットからパイプを取りだした。煙草をつめて、ゆっくりとライターを鳴らす。

煙を静かに吐き、眼をつむる。

離れた隅のほうに、若い客が四五人いたが、久世俊介がはいったときから、ちらちら彼のほうを眺めていた。

久世はパイプを手放して、指をボーイの運んできたコニャックのグラスにかえた。

「いま、お着きですか？」

ボーイが小腰をかがめてきいた。スーツケースを見ている。

「ああ。」

「道理で、四五日、お見えにならなかったと思いました。」

「電話がかかってきていると思ってね。」

ボーイの顔色で、それとわかった。

「はい、うけたまわっております。」

ボーイは白服のポケットからメモを取りだし、一枚を破って久世の前においた。鉛筆で四五行書かれている。

久世俊介は、少しの間メモを眺めていたが、指で四つに折り、ゆっくりと破った。

「ここにお見えになったら、ご連絡をいただきたいということでございました。」

わかった、というようにうなずいた。あまり機嫌がいいほうではないとみて、ボーイは離れた。

いつも寡黙（かもく）な男だが、時には冗談を言うこともあるのだ。

初対面の者に気どってみえるのは、この男の持っている雰囲気だった。当人にはそのつもりはない。

先ほどから、隅の卓で話をしていた四五人の中の一人が、思いきったように立って、久世俊介の前に歩いてきた。

「久世さん。今晩は。」

普通のサラリーマンではなく、何か文化的な仕事にたずさわっている青年とわかった。服装がそうなのだ。

上着の下に、ネクタイのない、派手な色のシャツが縦にのぞいていた。

「やあ。」

少し笑って、相手を見た。

「来ていたのかね？」

「一時間前です。いいときにお会いしました。」

青年は白い歯なみを見せた。

「いま、みんなと久世さんのところにご相談に押しかけようと言ってたところです。」

「何だね？」

若い男は口ごもった。

「金だろう？」

と、こちらから言って笑った。

青年は長い髪をかきあげた。

「ぼくたち、近いうちに展覧会をやろうと思ってるんです。で、ギャラリーの借り賃が、どうしてもたりないんです。」

「どこだね？」

「銀座のW画廊です。」

「あそこは高い。」

「それで、また、たびたびで恐縮ですが……。」

「いくらだね？」

「ポスターやパンフレットの印刷代は、ぼくたちでなんとかなります。けど、十万円ほど、どうしてもたりないんです。」

「いいだろう。」

と、簡単だった。

「すみません。」

卓に残った男たちが、この交渉の成りゆきを遠くからうかがうように見ていた。

「それと……」

「展覧会評のことだろう？　いいよ。学芸部の連中に話しておく。」

「ありがとうございました。」

青年は上体を直角に折った。豊かな長い髪の毛が額から垂れ下がった。

若い画家が去ると、久世俊介は、思いだしたようにコニャックのグラスを取りあげた。渋い横顔だった。太い眉の間に、浅い皺をたてている。かたい髪にめだたぬように櫛目がはいっていた。

久世俊介はどんな格好をしていても、絵のポーズになる、というのが若い画家たちの定評だった。

こうして、一人でおけば、一時間でも、二時間でも黙って飲みつづけた。酒は強いほうだった。ここでは、特に客の注文がある以外、レコードを鳴らさない主義だった。久世俊介は緋絨毯の上に靴を投げだしている。

ところで、若い画家のグループとは別に、ここからは眼の届かない反対側の隅に、彼がはいってきた時から、男女の一組が席をしめていた。女は黒っぽい洋装だったが、それは久世俊介には、初めから背中だけしか見えない。男客はスコッチの水割りを飲みながら、向かいあった連れの婦人と話しこんでいる。五十ぐらいの太った紳士で、白髪が多かった。

久世俊介は、指でボーイを招いて、からのグラスを示した。

ボーイが替わりを持って行ったとき、久世俊介は瞑想していた。

電話のことづけがあったにもかかわらず、連絡を頼むでもない。

男女の一組が隅から立ちあがった。

太った男は微笑して、女が歩きだすのを待っている。

女は初めてこちらを向いて出口に行きかけたが、壁際に久世俊介を見つけると、ふいと立ちどまった。二十七八か、黒のツーピースを上手に着こなして、すらりとした背だった。真っ黒い瞳で久世のほうを見て、一瞬足を迷わせたが、これは連れの男を気にかけたからである。が、彼女は連れのほうにちょっと顔をうなずかせると、そのままます久世の前に歩いた。

「久世さん。」

久世俊介は相手を見ると、グラスを卓において椅子から立った。

上着のボタンのあたりに手をかけて、姿勢を正すようにした。

「しばらく。」

女は笑顔で言った。

「しばらくでした。」

軽く頭を下げて、ついでに、女の後ろに立っている連れの太った紳士にも目礼した。

「まだいらっしゃるの、ここ?」

「はあ。」

「そう。」

何か言いたそうだったが、

「お先に失礼します。」

と、あっさり挨拶した。

久世俊介が腰を元の椅子に戻したのは、女が、紳士と出口に歩きだしてからである。眼はグラスに残った液体に注がれていたが、唇にうすい笑いがのぼっていた。

出口のドアがしまる音がした。

片隅の若い画家たちが立ちあがった。これはにぎやかな足音だった。久世の前をつづいて通るとき、

「失礼します。」

と、口々に挨拶した。

久世は眼を笑わせているだけである。

「みんな喜んでいるんです。」

と、先ほどの青年が報告に来た。

「近いうち、新聞社のほうにお伺いします。あ、そうだ。久世さんの出勤時間がわからなかったっけ。」

「あてにならないね。」

「どこに連絡したらいいでしょう？」

「この店に電話をかけて、ことづけておいてくれたまえ。近ごろは、電話がほうぼうから
ここにかかって、ぼくの事務所みたいになっている。」

「わかりました。」

青年は、ていねいにお辞儀をして、みんなのあとを追った。

バーに急に人がいなくなった。ボーイが歩いてきた。

「面会人かね？」

腕時計を見た。

「いえ、そうじゃありません。」

ボーイは紙片をさしだした。覗きこむと、走り書きがあった。

(すぐ戻ってまいります)

久世俊介は、それを指先でもんだ。誰が書いたかわかっている。

「君。」

ボーイを見上げて、

「さっきのお客さま、どういう人？　男のほうだがね。」

「なんですか、くわしくは存じませんが、」

ボーイは首をかしげて言った。

「自動車の、部品をつくる会社の方だそうです。」

「はい。滅多においでになりませんので。」

「あまり見かけない顔だね。」

問答は、それだけだった。相手の名前をきく必要もなく、他人のことに立ち入ることもない。手がグラスに戻った。彼は最後の液体を舐めると、急に身体を起こした。

カウンターに歩いて、伝票にサインする。

「荷物。」

ボーイが少しうろたえて、

「あの、すぐ、お戻りになるそうですが。」

と言う顔へ、

「いいんだ。」

と笑った。

スーツケースをさげて、ドアをあける。

これは、ここのボーイたちがいつも話しあっていることだが、久世俊介の姿勢は、前で見るのと背後で見るのとでは、まるで感じが違うというのだ。この人の背中が妙に孤独な印象を与えるのである。

今もドアの外に出ているのを見送ると、急に肩が落ちているように感じられた。

久世俊介が、道路へ出る階段を上がっていると、にぎやかな靴音が頭の上から降りてきた。

「やあ。」

すれ違って、先方は立ちどまった。

「なんだ、久世君。もう帰るのか。」

ほかの新聞社の連中だった。

「久世君、戻れよ。」

「悪いが、」

と、彼は微笑(わら)った。

「疲れている。」

スーツケースをちょっと持ちあげて見せた。

「なるほど。どこから?」

「北のほうだ。」

その声は、彼が歩きだしてから聞こえた。

久世俊介が路面に出たときだった。

まぶしいヘッドライトの光が、彼の眼を射て走ってきたが、急に車輪をきしませて前にとまった。

客はタクシーのドアをあけて、そそくさと運転手に料金を払った。

久世俊介がそれを見て歩きだしたときだった。忙しい女の靴音が後ろから追ってきた。

「久世さん。」

そのまま歩みをつづけたのだが、女は息を切らして彼の横に並んだ。

「お帰りになるの？」

「ああ。」

歩調をゆるめなかった。

「ボーイさんに、メモを渡しておいたんだけど。」

「読んだ。」

「憎らしい。」

女は、先ほど男客と出て行った婦人だった。暗いので、彼女の黒い服は融け、頸から上の白さが、闇の中ににじみ出るように見えた。

「知ってて、帰るの？」

女は、久世俊介の腕に手をまわした。

「戻りましょうよ。気持が悪いわ。あそこで、もういっぱい飲みましょう。」

「断わる。」

女は男の腕を引っぱった。

「いや。ひとの顔を見て、帰るということはないわ。なによ、さあ。」

一方の手にさがっているスーツケースに、女は眼をとめた。

「そんなものを持ったりなどして、どこに行っててらしたの？」

「仕事で、ちょっと仙台の近くまで行ってきた。」

「どうだか。とにかく戻ってよ。」

二人の身体が少しもつれた。

「いったん、さよならを言って出た店だ。みっともなくて、帰れやしない。」

「いいわよ。わたしが無理に引っぱってきたと言えば、なんとも思わないわ……。それとも、ほかのバーに行く？」

「断わると言っている。」

「いやいや。絶対にだめよ。でなかったら、わたし、あなたのお宅までついて行くわよ。」

「あいにくだ。家には戻らない。」

「………」

「ホテルだ。念のために言っておくが、ぼくは一人で部屋をとっている。几帳面なホテルでね。午後八時以後、婦人客の同伴は、お断わりになっている。律義な規則だ。」

女は酔った声で言った。

「かまわないわ。ひさしぶりにつかまえたんですもの。このまま別れるというのが無理だわ。足にすがりついてでも、くっついて行くから。」

走ってくる空車のタクシーをとめたのは、女のほうだった。男の背中を押すようにして、自分も無理に自動車（くるま）に乗った。

「どちらへ？」

運転手はきいた。

「どちらへ、ときいているわ。」

女は久世を見た。

「赤坂にやってくれ。」

久世は諦めたように運転手に言った。

「あら、赤坂なの？　じゃ、Nホテルなのね？」

女は男の肩に両手をおいて、顔を倒しかけていた。

「酔っているね。」

「ううん、正気よ。」

ホテルの玄関でボーイが女を追っ払ってくれるものと久世は期待していた。怪しげな女の出入りを防止するため、制限時間を設けているのが、このホテルの規則だった。

が、久世俊介のこの計画はくずれた。

Nホテルの玄関につくと、彼女はかってに久世の腕をとらえて、内側にはいって行った。

久世がフロントに行って署名している間でも放さなかった。

「あの、ご同伴でいらっしゃいますか？」

フロントは、記入が久世ひとりの名前なので、眼をあげた。

久世が答える前に彼女は言った。

「この方、一人よ。わたしはお見送りに来ただけ。」

「さようでございますか。」

ボーイがスーツケースを持って、エレベーターの前に立って待っていた。

「あの、申しかねますが、」

彼女が、客といっしょに歩きだしたのを見て、ボーイがあわてて言った。

「お部屋までのお見送りは、ご婦人の方は八時までとなっていますが。」

「わかってますわ。」

外と違って、明かるいシャンデリアの下で光線を受けている彼女の面ざしは、まぶしいほど派手な顔だちだった。

黒い服に黄金のネックレスとブレスレットがきらきら輝いている。

「十分間で退散しますわ。ね、いいでしょ。せっかく、お客さまをここまでお見送りしたんですもの。」

「はあ。」

ボーイは困って、フロントのほうを振り返った。事務員は立って黙っている。

「それでは……、よろしくお願いします。」

部屋は三階だった。

部屋にはいると、ボーイは、久世のスーツケースをおき、ベッドをつくり、水差しに水を満たして、引きさがった。

部屋が広いので、ベッドは二つだが、一つはカバーがかかったままになっている。女は、すばやくそれを一瞥(いちべつ)した。

「ひどい女(ひと)だな。」

久世俊介は、応接用の椅子に腰をおろした。

「玄関先で帰ってくれるものと思ったのに。」

「なぐり倒したかったでしょ？」

女はうす笑いした。

「紳士だから、いさかいを我慢したのね。そこがこっちのつけめだわ。」

「ここまで来れば、もう、いいだろう。さあ、帰ってくれ。」

「経過は二分と三十秒よ。」

女は、腕時計をわざとらしく見せびらかした。

「そんなに気をかねなくても大丈夫だわ。十分間たったら帰ります。久世さんたら、度胸があるように見えて、あんがいなのね。十分間で何ができます？」

女は大胆に久世を見つめてから、その前を遊弋するように歩いた。

「久世さんったら、いつもそうよ。人前だけはきちんとした紳士で、親切そうで、ものわかりがよくて、礼儀を心得ていて……。」

女は歩きやめて、久世俊介のほうに手を伸ばした。

「いつも、はたに遠慮ばかりしてるわ。わたしから言えば、それもお体裁やとしたいわ。」

「帰ってくれ。」

久世俊介はおだやかに答えた。

「あと七分よ……。フロントでも何をやっているのかと、気にしてるにちがいないわ。」

3

ホテルは赤坂にあったが、部屋の中は東京の中心を感じさせなかった。寂しい田舎にいるような静けさだった。

「お酒、飲みたいわ。」

女は久世俊介に向かいあってすわり、いたずらそうな眼つきをした。

「冗談じゃない。」

久世俊介は吐きだした。

「酒を飲むのだったら、ここを出てから、かってにやってくれ。」

「いや。あなたとでなければだめ。」

「だったら、出なおしてもらうんだな。」

「酒がだめだったら、コーヒーでもいいわ。ボーイさんに、そう言って運ばせましょうか?」

「わからない女だな。ホテルは、婦人客の訪問を八時までとしている。きみは、それを強引に破って、ここへはいりこんだんだ。このうえ、コーヒーを取って腰を落ちつけられたら、たまらない。」

「お客さまだわ。」

と、彼女は自分のことを言った。

「コーヒーぐらいご馳走するのが、あたりまえよ。」

「時間がない。」

「じゃ、わたし、フロントに電話で、そう言うわ。あと三十分延長するように。」

「よさないか。くだらんことばかり言う。」

女は、久世の顔から眼を放さなかった。

「ご機嫌ななめね。」

「あたりまえだ。これがほかの人間だったら、出口のドアをあけて、指を向けるところだ。」

「ひどいひと。でもいいわ。どんなに言われても、ねばれるだけねばったほうが得だわ。」

彼女は、ゆっくりと煙草を取りだした。久世は仕方なしに、ライターを鳴らして手を伸ばした。

彼女は、それに口をとがらせて火を吸いこみ、白い咽喉(のど)を仰向けて、天井に煙を吐いた。脚は、大胆なぐらい男の視線の前に組んでいた。すらりと格好のいい線が伸びている。

「あと何分だ？」

「まるで記録係ね。」

袖をめくって、

「四分だわ。」

と言った。

「わざわざ、戻ってくることはなかったね。」

「お客さんのことを言ってるのね？」

「自動車の部品屋だって？」

「知ってるの？」

昼から煙草をはずして、久世を見つめた。黒い瞳の前に、あおい煙が立ちのぼっていった。

「あいにくと、それだけの知識しかない。」

「ああ、あそこのボーイさんがおしゃべりしたのね……。やっぱり気にしてるの？」

笑いが唇にのぼった。

「そう思ってたらいいだろう。」

「相変わらずね。少しは他人のしていることを気にするものよ。」

「ぼくは、他人のすることを、気にしないことにしている。神経にこたえるからね。」

「新しい女のことだけでいっぱいなんでしょ？」

彼女は椅子からたつと、窓に歩き、カーテンをめくって、ブラインドから外を覗いた。

「外は、あんなに賑やかなのに、この部屋、いやに静かなのね。」

そのままカーテンを背にして立ち、久世を斜めに見た。

「最近、よくお店に来るお客さまだわ。しじゅう、旅行してんの。地方の出張から帰ると、わたしに会うのがたのしみなんですって。」

さっきの客のことを話していた。

「金持らしいわ。金がたりなかったら、いつでも融通してあげる、と言ったわ。」

「いいじゃないか。結構な話だ。」

「今も、どこかからの帰りで、店に寄ったんだけど、いっぱいなもんだから、話ができなくて、つい、わたしがパミールに誘ったんだわ。あそこなら静かだし……。それに、あなたに会えるかと思って。」

「会わないほうが、都合がよかったんじゃないか？」

「だったら、あんなとこへ行きゃしないわ。何を見られても平気だってことを知らせたかったの。あなたしか、わたしの心にないのよ。」

「わかった。」

今度は久世が時計を見た。

「時間だよ。」

「邪険にするのね。帰るわ。帰ります。」

「そうかい。」

「いや！」

女は久世の顔を見つづけた。

「帰ると言ったら、そんなほっとした顔をするんだもの。じゃ、もっと、ねばってみせる。」

「ボーイが来るよ。きみをつまみだしにね。」

「平気よ。そんなにわたしを早く帰らせたがるのは、あなたに都合の悪いことが起こるからでしょ？」

「なにが?」

「どこへ旅行してらしたの? スーツケースなんか持って。」

「さっき、説明したはずだ。」

「仙台の近くなら、松島でしょ。それも仕事なんかじゃなく、誰かと二人でね。東京に着いて、その方と別れたんでしょ? だから、きっと、ここに電話がかかってくるわ。それがあるから、わたしを早く帰らしたいんでしょ?」

「とにかく、引き取ってもらおう。」

久世俊介は、それだけを言った。

「きみも店をあけてここに来てることだ。客も待ってるだろう。早く帰りたまえ。」

「いや! 絶対、邪魔してやる。店なんか平気よ。女の子にまかしてて大丈夫なの。」

「マダムを目当てに来る客は、失望する。」

「平気よ。そんな人、放っとけばいいの。」

電話が鳴った。

「そら来たわ。」

久世俊介は椅子から立って、電話機に歩いた。女は、その後ろに忍ぶように寄った。

「フロントでございますが、」

太い声だった。

「お部屋のお客さまは、まだ御用がおすみにならないでしょうか？」

「いま、帰るところです。」

「はあ、さようで。失礼いたしました。」

送受器をおいて、久世俊介は振り向いたが、すぐそこに彼女の顔があった。

「あいにくだね。フロントから帰れと言ってきている。」

「まあ、失礼ね。こんなホテル、はじめてだわ。」

女は腹をたてた。

「じゃ、仕方がないから、今夜はゆるしてあげる。そのかわり……」

卓においたハンドバッグを取りに行った。

「あした会ってちょうだい。」

「なに？」

「しゃくだけど譲歩してあげるんだもの、そのくらいのサービスは当然でしょ？」

そう言ったかと思うと、彼女はいきなり久世俊介の顔にとびついてきた。

久世俊介は、玄関から、部屋に戻った。外からはいると、いままで感じなかったジャスミンの匂いが、かすかに残っていた。

久世はカーテンをあけ、窓を開いた。香りは、いま帰った女がいつも愛用している強いものだった。

外にネオンが輝いている。街の灯が丘の上にせりあがっていた。下の電車通りに、自動車の光が流れている。

久世は夜気を吸いこみ、窓をしめた。

待っていたように電話が鳴った。

「いらしたの？」

澄んだ女の声だった。いま、この部屋に残している香水のあるじではない。

「なんです？」

「ホテルにはいらっしゃらないかと思いましたの。途中で車をお降りになったから、また、どこかで遊んでいらっしゃると思ってました。」

「遊びませんよ。ちょっと、酒を飲んでかえっただけです。」

「安心しました。それだけなんです。」

「いま、どこからですか？」

「自宅からですわ。やっと落ちついて、ほっとしているところ。」

「じゃ、おやすみなさい。」

「ホテルは、いつまでいらっしゃいます？」

「わかりません。気が変わったら、明日にでも引きあげるつもりです。」

「相変わらずですのね……。今度、いつ、お会いできます？」

「少し忙しくなります。」

「お邪魔しませんわ。でも、お電話くださいね。」

「そうします。」

「すみませんでした。おやすみなさい。」

「おやすみ。」

久世俊介が送受器をおかないで、そのまま耳に当てていると、

「もしもし。」

と、同じ声がつづいた。

「まだ、何かお話があって?」

「いや、べつに。なんですか?」

「いえ、電話の切れた音がしませんから。」

「じゃ、切ります。」

「変な方ね。じゃ、ほんとに、おやすみなさい。」

送受器をおいて、久世俊介は椅子に戻った。

パイプを取りだして、火をつけていたが、思いだしたようにスーツケースから書類をだした。上着をぬいで、スタンドの灯を近づけたのは、これから本気に書類に眼をさらすつもりだった。

しかし、すぐに活字に眼が走るではなかった。煙を吹かしながら瞳を宙にただよわせた。かなり長い間そうしていたが、とうとうブザーを鳴らしてボーイを呼んだ。

「スコッチの水割りを持ってきてくれ。」

「お一つでございますか?」

考えていたが、

「面倒だから、瓶ごともらおうか。」

「何にいたしましょう?」

「そう、オールドパー。」

「かしこまりました。」

ボーイが、黒い瓶と、氷のかたまりを入れた容器とを運んだ。

「おやすみなさい。」

ボーイは引きさがった。

久世俊介はグラスに氷を入れ、黄色の液体を注いだ。その上に水差しを傾けた。

スタンドを近づけて、机を明かるくした。

書類は報告書のようなものが四五冊だった。

「東陽新聞社決算報告書」「東陽新聞社××年度事業報告書」「××年度東陽新聞社販売成績及び広告収入の実態」「東陽新聞社資産一覧表」……

久世俊介は読みかけのページから開く。これまで彼がみせていたのとは別人の眼になっていた。

けだるそうだった瞳が、灯をともしたように生き生きとしていたし、鋭さが出ていた。表情もきびしいくらいに見えた。

グラスを口に運ぶことに休みはなかったが、眼は印刷物から離れない。活字を追いながら、ときどき、赤鉛筆で印をつけていた。

部屋は外の音を遮断している。

4

竜崎亜矢子は、日当たりのいいベランダで籐椅子にかけて編み物をしていた。

すぐ前に広い芝生がひろがっている。青山高樹町の高台から見ると、谷底のような下に、にぎやかな街がかたまっていた。

邸は、昔、伯爵だった当主の祖父が建てた旧館と、その後の新しい家とが複雑な屈折をえがいていた。

旧館は、大正初期の建築の特徴を残していた。

細部には、和風の手法をまじえた洋式折衷の古典的な浪漫主義の面影がある。この古びたルネサンスが、いまだに安全なのは、伯爵だった祖父が、この館をこよなく好んで起居していたので、親戚が、当主の意思を無視してなおも保存を主張しているからである。だから、それに隣りあって新築された建物は、古い様式に腹をたてたようにモダンなものだった。いま外国に行っている主人の好みで、アメリカふうな明かるい建築になっている。

女中が、ベランダの亜矢子のところに手紙を届けてきた。

封筒には、赤と青の縞がふちどられている。外国からの郵便物だった。

亜矢子は眼をそれに落とした。シンガポールの発信地の下に〝SIGETAKA RYUZAKI〟とタイプがうたれていた。

封筒を破るでもなく、そばの小さな卓においた。かすかだが、眼は憂鬱そうで冷たかった。編み棒を動かす手もそのままつづけている。

初夏の明かるい陽が、下に沈んでいる街の屋根を照り返している。庭木も、向かい側の丘の草も、新緑がおおっていた。

亜矢子は、手紙に二度と視線を向けるでもなかった。もの思わしげな眼差しが、おだやかな陽のかげに静止していた。

一度退った女中がまた亜矢子のほうへ近づいてきた。

「なに？」

亜矢子は頭を上げた。

「あの、奈津井さまがお見えでいらっしゃいます。」

表情が急に変わって、

「こっちへお通しして。」

と言ったが、ふと、そこに手紙のあるのを眼にとめて、

「そう、ここよりは客間がいいわね。」

と言いなおした。

「はい。」

編み棒をしばらく動かす。ふっと微笑がその横顔によぎった。

立ちあがりかけて、外国封筒をつまみあげ、ふところに入れた。

客間は洋風になっていた。

亜矢子がはいっていくと、奈津井は窓際に寄って庭を見おろしていた。

その後ろ姿が、はいってきた亜矢子の眼に、意外なくらい侘(わ)びしそうに映った。

「いらっしゃい。」

椅子のほうへ歩いて声をかけた。

奈津井は振り向くと、軽く頭を下げて、

「今日は。」

と言い、亜矢子の顔を一瞬に強く見つめるようにした。

亜矢子は、その視線に気づかぬように、彼を前のクッションに招(まね)いた。

「いつ、お帰りになったの？」

ほほえみながらきいた。

「今朝です。」

「そりゃ……」

と、思わず腕時計を見て、

「お疲れになってるんでしょう？」

と、少しおどろいてみせた。

「いや、」

奈津井は素直に、クッションに身体を落ちつけた。

「そうでもないです。」

「夜汽車だったんでしょう。よくお寝(やす)みになれて？」

「ええ、まあ、適当に寝てきました。」

亜矢子は気づいたように、

「奥さまは？」

と、捜すような眼つきになった。

「家においてきました。」

「失礼な方ね。」

亜矢子は微笑った。

「ご挨拶にいらっしゃるのなら、お二人で見えるのが当然よ。」

奈津井が眼を伏せた。

「どうして、お連れにならなかったの？」

「一人で伺いたかったんです。」

「いやな方。わたくし、早く奥さまにお目にかかりたかったのに。」

奈津井久夫に返事がなかった。背中を曲げて前かがみに両手を組んでいた。

その様子を亜矢子は眼にとめていたが、

「いかが、新婚旅行のご感想は？」

と、声は明かるいものだった。

しかし、奈津井の沈黙に変わりはない。姿勢もそのままだったが、これは、あきらかに不機嫌そうに相手に映った。

おりから、女中が茶を運んできた。女中の手から茶碗をとると、彼女は奈津井の前にすすめた。

奈津井は顔を上げて、紅茶を口に運んだが、眼が沈んでいた。

「どこをおまわりになったの？」

彼女の眼もとの微笑に変わりはなかった。

「青森県の端っこです。十三潟という砂だけしかない部落に行ってきました。」

「やっぱり、奈津井さんだけに変わったところにいらっしゃるのね。そのお話、おもしろそうだから、あとで伺うことにして……。それから、どちらへいらしたの?」

「松島です。」

「あら。」

と、口の中で小さく叫んで、

「やはり、松島にいらしたんですか。じゃ、やっぱり予定どおりだったの?」

「ええ、行くつもりはなかったんですが、つい寄ってしまいました。」

亜矢子の顔色が、急にかたくなった。

「松島にお泊まりになったのは、いつですの。」

「一昨日の晩です。」

亜矢子の眼がすわった。

「松島は、どこにお泊まりになったの?」

と言いかけて、自分のその語気に気がついて、

「わたくし、松島に前に行ったことがあるので、あの辺を知ってるもんですから。」

「望洋閣という家でした。」

今度は亜矢子が言葉をのむ番だった。

顔色も瞬間に白くなって見えたくらいである。

今まで、年上らしく青年に振るまっていた余裕も急に失われた。

「それは、きっとすてきだったでしょう？」

その言葉も、半分、無意識のうちに出た。

奈津井久夫が、突然、椅子から立ちあがったのは、その後である。身体も窓のほうへ運んでいった。

外の光線が奈津井の顔の正面を白くしていた。

「どうなさったの？」

亜矢子は、その位置から声をかけた。

「奥さん。」

奈津井は顔を動かさずに、離れたところから答えた。

「ぼく、結婚に失敗したようです。」

「まあ、何をおっしゃるの？」

思わず鋭い声になった。

「新婚旅行からお帰りになった早々に……。」

彼女は、窓際に動かずにいる青年を凝視（ぎょうし）した。

「何かあったの。お仲がよすぎて、もう喧嘩でもなすったんじゃない？」

声のあとが笑いかけていた。

「奥さん。」

奈津井が、はじめてこちらを向いたが、こわい顔だった。

対話

1

亜矢子は、奈津井久夫の顔を見返した。

一度、亜矢子のほうをにらむようにしていた奈津井が彼女の視線を受けて瞳をそらした。

「どうなすったの？」

亜矢子は、やはりすわったままの位置から言った。奈津井は、窓のそばにたたずんだままである。

「こちらにいらしたら？」

と、彼女は微笑を浮かべて誘った。

「そんな不機嫌そうにしてらっしゃると、なんだか心配だわ。ねえ、こちらにいらっしゃいよ。」

この言葉で、奈津井はようやく窓から離れた。亜矢子の前の椅子にすわったが、多少ふてぶてしい感じだった。

「変ね。わたくしにも責任がありそうだわ。」

亜矢子は、それを見まもるようにした。

「いや、奥さんには、責任はありませんよ。」

「そうかしら？ だって、結婚をおすすめしたのは、わたくしですわ。」

これは強い言葉だった。

「わたくし、新婚旅行からお帰りになってのお話、とても楽しみにして待ってたんですの、それなのに、意外でしたわ。くわしく聞かせてくださいな。」

「要するに、性格が違うようです。」

奈津井久夫は、弾くように言った。

「千佳子さん、とですか？」

亜矢子は、はじめて、奈津井の妻の名を言った。

「そうなんです。ぼくは結婚してから、すぐそれがわかったんです。」

「あら、卑怯だわ。」

亜矢子は低く叫んだ。

「奈津井さんは、結婚なすったのよ。それも、お式を挙げて十日とたっていないわ。」

「だから、ぼくが間違ってたんです。」

「それは、お見合い結婚という意味？　それとも、交際期間をおもちにならなかったという意味かしら？」

「…………」

「だったら、わたくし、奈津井さんを責めますわ。わたくしの友だちがお仲人をしたとき、あなたは、交際なぞする必要はない、とおっしゃったじゃありません？」

「言いました。」

奈津井は、深い眼差しになった。

「あのときは、そんな気持だったんです。相手のお嬢さんがどんな人でも、結婚に踏みきれるつもりでした。だが、ぼくが間違いだったというのは、まだ当分、結婚すべきでなかったという意味です。」

奈津井の瞳が、今度は大胆に亜矢子の顔に向いた。強い視線である。若い人だけがもっている、濁りのない、黒い瞳だった。

亜矢子の表情に、かすかな動揺が水のように走った。が、ふたたび、それは水が張るように平静に戻った。

「お気の毒だわ。」

と、溜息をついた。

「いいえ、奈津井さんじゃないことよ。千佳子さんが、ですわ。」

彼女は姿勢を正すようにした。

「奈津井さんを頼りに結婚なすったんですもの。千佳子さんの立場、どうなさるおつもり?」

「千佳子は、」

と、奈津井は、新妻の名前を言った。

「どうも、ぼくを愛していないようです。」

「あら。」

と、亜矢子は笑いだした。

「変なことおっしゃるのね。いったいどうなすったの。くわしく伺いたいわ。何かあったに違いないわ。」

「…………」

「新婚旅行先で、ご機嫌を悪くなさることがあったのね。そりゃなんといっても、いままでご交際がなかったんですから、」

と、亜矢子は、年上らしく言った。

「どうしても、はじめはお互いに感情がぴったりとしませんわ。どこかちぐはぐだったと思います。千佳子さんって方、わたくし想像するのに、どちらかというと、センシブルな方じゃないかしら。それに奈津井さんが神経質ときてるでしょ。わたくし、ほんとは、そんなふうになって、変なことになるんじゃないかと心配していましたの。やっぱりそうだったのね。」

「いいえ。」

奈津井は否定した。

「そんなんじゃないんです。」

「いいえ、きっと、そうだわ。奈津井さんが気がつかないだけだわ。誰だって、そんな場合、すぐにお互いの気持が交流しあわないに決まってます。だって、今まで、ぜんぜん交際がなかったんですもの。それこそ、急なことですわ。でも、ご夫婦ってものは、生活が慣れていくうちに、そんな気持も取れて、お互いのなかに融(と)けあうものだと思いますわ。」

「いや……。」

「聞いていただきます。奈津井さんがムキになるのはわかってますわ。お若いし、ものを重大に考えようとなさっていらっしゃるんです。でも、もう、すぐですわ。お互いにそんな圭角(かど)がなくなって、心の融合がはじまると思います。きっとですわ。だってご夫婦ですもの。」

「いいえ、ぼくにはそうは考えられません。」

奈津井は言い返した。頬が少しあおざめて見えるくらいだった。

「ぼくは、あの人を愛していける自信がないようです。と同時に、あの人も、ぼくを愛していないと思います。」

奈津井の、真剣な表情に圧迫されたせいかもしれなかったが、亜矢子が眼を大きく開いて奈津井を見つめた。

「どうして、そんなことがおわかりになって？」

と、きいた声も、急に強かった。

「そりゃわかるんです。」

奈津井は答えた。

「なんて言ったらいいか、ちょっと説明に困りますが、あの人は、結婚に、最初から一種のあきらめをもっていたんじゃないでしょうか。」

「………」

「なんだか、そんなような気がします。これは、ぼくがそんな気持でいるから、そう映ったのかもしれませんけれど、普通の娘さんが結婚したときと、少し違うような気がするんです。言ってみれば、どこか投げやりな様子が見えるんです。」

「どういうことか、よくわかりませんわ。」

亜矢子は眼を伏せた。

「あの人が、ぼくの世話をやかない、という意味ではありません。」

と、奈津井は言った。

「いい家庭の人のようだし、躾も、ちゃんとできています。そのことを言ってるんじゃない。ぼくは、あの人の精神のなかに、一種の荒廃があるような気がします。」

「わたくしなんかには、よくわかりませんわ。」

亜矢子は、瞳も動かさずにききかえした。

「ぼくにもよくわかりません。いまの若い人は、みんなああなのかと思ってるくらいです。」

「いいえ、そんなことはありませんわ。千佳子さんのことは、わたくし、友だちからいろいろ聞いて、しっかりした人だと知っているんです。奈津井さんが想像されるような方ではありませんわ。それはきっと、奈津井さんがそんな感じでいるだけですわ。」

亜矢子は、また声の調子を戻した。

「何度も申しあげるとおり、交際ぬきの、いきなりの結婚ですもの。多少、妙に見えるのは、そのせいですわ。わたくし、それも奈津井さんの責任だと思います。奈津井さんが、ちゃんと親切にしておあげになったら、印象も違ってくると思いますわ。千佳子さんって、きっと、かたくなっていらっしゃるんだと思います。」

奈津井久夫は、煙草を取って口にくわえた。煙を吐いて言った返事は、別なことだった。

「ぼくは、これから自分の仕事に打ちこみますよ。」

「あら、どういうこと?」

「べつに意味はありません。いっそう、自分の仕事に打ちこみたくなったんです。」

「それは結構ですけれど……。」

「なんだか、もりもり仕事をしたくなりましたよ。」

「…………」

「今度の旅行で、ぼくは青森県の浅虫から十三潟というところに行きました……。寂しいところです。砂の中に埋もれてゆく運命の部落があるだけです。青い色ってものは一つもない。」

奈津井は話しだした。

「まるで蒙古(もうこ)の砂漠の中に迷いこんだような錯覚(さっかく)の起きるくらい、灰色の世界です。」

「そういう場所、前からご存じだったの。」

「作家の富永さんといっしょに、十和田湖に行って県庁の人に偶然に聞いたんです。行ってみて、よかったな。ぼくは撮(と)りまくりましたよ。こんな景色が、いまの自分にいちばんぴったりのような気がしたんです。空には鳥も飛んでいない。湖があるんですが、魚の影も、ないんです。」

「…………」

「そうだ、それだけでなく、ぼくはそこで死体を見たんです。」

(死体！)

亜矢子は眉をしかめた。

「偶然だったんです。ぼくが砂の上を歩いていると、砂の中から這いだしたようにして倒れているんです。」

亜矢子は、ハンカチを出して鼻にあてた。

「もっとも、死体は子供が先に発見して、巡査に知らせに行った間のことでしたがね。誰もいないんです。ぼくは死体のそばに腹這うようにして、夢中でシャッターを切りましたよ。」

「…………」

「こんな機会は滅多にない。だって、死体が、砂の中にぽかりと寝ているんです。人一人いやしない。ぼくは、その死体の男の髪、肩、指の表情、あらゆるところにレンズを近づけて、シャッターを切りました。」

亜矢子は、奈津井が一人で眼を輝かしているのを、黙って見まもっていた。

「そのときはただ夢中に撮っていたんですが、いまから思うと、そういう被写体を撮ったことが、ぼくに一種の眼を開けさせたと思うんです。なんだか、自分の方向がほのぼのとわかったような気がしました。」

「どんな方向ですの？」

彼女は、やっときいた。

「虚無的(きょむてき)な主題(テーマ)なんです。死人を撮って、それがあとでひしひしとわかってきたんです。死という、これ以上虚無的なものはない存在が、偶然に、ぼくの前に投げだされていたんですから。ぼくは虚無を見つめて、そこから芸術を発見したと思うんです。なんだか、野心のようなものが湧いてきたんです。」

「あなたのお仕事のこと、わたくしにはよくわかりませんけれど、そんなお気持になったのは、いいえ、そういう方向にお仕事の眼が向いたのは、やっぱり、今度の結婚のことからですか?」

「関係はない、と言っておきましょう。」

奈津井久夫は言った。

「仕事は仕事、結婚にかかわりありません。」

「でも、そういう方向に、奈津井さんの眼が向くなんてこれまで一度も予想しませんでしたわ。」

「おっしゃるとおり、ぼくにもわからなかったんです。だけど、何かぽかりと、こう、閃(ひらめ)きみたいなものを与えられたような気がするんです。奥さん、やりますよ。絶望とか虚無とかいう主題が、今後のぼくの仕事になるでしょう。」

奈津井は、亜矢子を真正面から見た。青年らしい、そして芸術家らしい眼だった。はじめて奈津井久夫が、亜矢子に大胆になったと言える。

この凝視も、長くはつづかなかった。奈津井は椅子から立ちあがった。

「ぼく、失礼します。」

「あら、もう、お帰りなの？」

「いま、仕事のことを思いだしたんです。頼まれたところに行く約束を、うっかり忘れていました。」

時計を見た。

「時間がありません。失礼します。」

奈津井久夫はドアへ歩いた。

――亜矢子はそこまで見送って、元の椅子に掛けた。奈津井久夫に見せていたときの様子と変わっていた。ぼんやりとガラス窓の雲を見ていた。雲は光をふくんで浮いている。向かい側の丘にせりあがった街が屋根を鈍く光らせていた。

亜矢子が姿勢を動かした拍子に、胸におさめた封筒がはみだした。

彼女は気づいてそれを出したが、すぐに封を切るではなかった。いままで奈津井が腰掛けていた椅子に投げだした。

赤と青の封筒の縁取りと外国切手とが、椅子にのって色紙のようにきれいだった。

2

久世俊介は朝の食事を終えて、洋服に着がえた。

コーヒーを飲んで、メードを呼んだ。

「いま、客が来るからね。片づけてください。ぼくは、その間、十分間ほど出てくる。留守でも客を通しておいてください。」

「かしこまりました。」

久世俊介は部屋を出て、エレベーターに乗った。

フロントでボーイたちが挨拶する。久世俊介は、ひと月のうち一週間ぐらいはこのホテルに泊まる客だった。

彼は表に出て道を歩いた。大通りには自動車の流れが激しい。群衆は忙しそうに歩いていた。久世のようにぼんやりと足を運んでいる人間はなかった。

久世は裏通りにはいった。

車は通るが、ずっと、閑静な街になっている。長い塀が両側につづいていた。

久世はパイプを持ちながらゆっくりと歩く。昨夜は、夜中の一時までかかって書類を見ていた。これから会う客が一週間前から持ちこんだものである。

久世は、朝の冷たい風に吹かれながら、考えをまとめようとしている。

眼の前に、七つぐらいの少女が飛びだしてきた。ぶつかりそうになって、久世は身体をよけた。黄色い、短い洋服を着た、かわいい子だった。

母親らしい二十七八の主婦が、入口から顔を出して、女の子の名前を呼んでいる。まだ日陰が深くて、家と家との間に日向が縞になっていた。

朝の平和な住宅街だった。いくつもの家庭が、ここにひっそりと並んでいる。

久世の顔に何かこの雰囲気をなつかしむような表情が出ていた。実際、歩き方もゆるくなったくらいである。

久世俊介に、家はあっても、家庭はなかった。妻とは六年前からひとつ家のなかで、二階と階下に別居のままでいる——。

久世は元の道を歩かず、高台の崖道を横にはいった。片方に石垣があって、家が積み重なり、下にも屋根がひろがっていた。

久世の泊まっているNホテルの建物が、木の間からクリーム色の四角い箱になって見えていた。

十五分の散歩は、久世を一巡してホテルに帰らせた。

フロントが久世の顔を見て、

「お部屋で、お客さまがお待ちでございます。」

と告げた。

久世はうなずいた。

エレベーターで上がると、廊下の絨毯(じゅうたん)にメードが電気掃除機を押していた。部屋のドアから外国婦人が子供づれで出てくる。

久世が部屋にはいると、客はソファから立ちあがった。

「いらっしゃい。」

久世俊介は卓をへだてて、口からパイプを放した。

「おはよう。」

と言ったのは、背の高い二十七八の若い男だった。まだどこか稚(おさな)い面影が残っていそうな顔である。

彼と並んで、四十二三の肩幅の広い男が立っていた。顔も中年の引きしまった容貌で、眉も、眼も太い。顔色も黒いほうだった。

「散歩でしたか?」

と、若い紳士のほうが、微笑して、久世に言った。

「失礼しました。おいでになることは、わかってましたが、十分ばかり外の空気を吸ってきました。」

「やはり、こういうホテルにいらっしゃると、それは必要ですよ。」

これは年配の紳士のほうだった。

彼は、若い紳士の介添えのような態度をはじめから見せていた。

年齢の少ないほうが、東陽新聞社の社長中杉憲一郎だった。年齢の多いのは、同じ新聞社の専務で営業局長を兼ねている木原正一であった。

久世と客との間は、かなり隔たりのないものになっている。これは、もう、何度もこれまで会っていたことを示している。

「一度、ゆっくりと、どこかにお招きして話したいのですが、久世さんがご承知にならないので、こうして、ここにお伺いするわけです。」

木原専務が言った。

「いや、事務的なことは、こういう場所がいいですよ。」

久世俊介はパイプを口にあてた。

「久世さんのご意見を尊重して、たびたび、こういうところばかりでお目にかかっていますが、話がまとまったら、いや、まとまらなくても、いちおうの結論がついたら、ぜひゆっくりした席にお招きしたいのですよ。」

「ありがとう。」

久世俊介は礼を言った。

「久世さん。」

中杉憲一郎は若い瞳を久世に向けて、すぐに言った。

「引き受けるご決心はつけていただいたでしょうか。」

3

東陽新聞社は、古い伝統をもっている。創刊は明治期にさかのぼる。

その後、この新聞はいくたびか苦境に落ち、そのたびに経営権が変わった。

現在は、中杉憲一郎のものになっているが、実は、中杉の先代がこれを買い取ったのである。

中杉憲一郎の先代というのは、ある金属工業関係の社長だったが、一時期、政界に出たことがあり、自己の発言力のバックとして、この新聞を買い取ったのだった。

先代が死ぬと、子息の中杉憲一郎がそのまま譲り受けた。

先代のころも、東陽新聞は苦境にあえいでいた。中杉憲一郎は、最近になって久世俊介の不思議な才能に眼をつけ、この新聞社に引き抜いて、退勢の挽回をはかろうとしている。

そのため、これまで、たびたび、久世の口説き落としに足を運んできていた。

久世俊介は、現在、大新聞社にいる。彼は事業部次長だが、これまで世評を呼んだ大きな企画を何回となく成功させている。

若い社長、中杉憲一郎は、久世の手腕にほれこんで、東陽新聞の盛り返しを考えたのである。

久世俊介が、昨夜、このホテルに泊まって、夜中まで資料を検討していたのは、彼がすでに、中杉憲一郎の頼みを無下（むげ）に断わりきれなくなったともいえる。

若いだけに、中杉憲一郎は性急だった。

久世俊介が断わっても退却するどころか、いよいよ熱心の度合いを増してきた。

「今日は、最後のご返事をもらいたいと思いましてね。」

中杉憲一郎は、若い顔に熱意を見せた。

「どのような条件でものみますよ。とにかく、ぼくの気持は、ざっくばらんに今までお話ししたと思います。どうです、引き受けてくれませんか？」

横に専務の木原正一がならんで、久世俊介を見つめていた。

「昨夜、おそくまでかかって資料を拝見しましたがね。」

久世俊介はパイプを口にあてて、二人の顔を見くらべた。

「思ったほど、悪くはないようですね。」

「そうですか。」

中杉社長が眼を輝かした。

「ぼくは、もっと悪いかと思いましたよ。この分なら、建て直しも不可能ではないと思います。」

「そんなら、引き受けてくださるのですか?」

「いや、それはまた別の話ですが。」

少しも興奮を見せない、おだやかな声だった。

「ぼくだって、見通しはつけたと言ったものの、乗りきるだけの自信はありませんからね。」

「あなたなら大丈夫です。」

専務が横から言った。

「きっと、われわれの期待どおりにいくと思いますよ。」

「しかし、」

と、久世俊介はパイプを放した。

「建て直しには、金が相当かかると思います。」

中杉社長は、木原専務と眼をかわして、身体を椅子から乗りだした。

「わかります。それは覚悟しています。われわれとしても、久世さんになら、金を出すだけの用意があります。なにしろ、見通しのできないことではないですから。」

「新聞社のほうはだめでも、中杉金属工業のほうは、まずまずですからね。そちらから、ご希望の分だけをまわすことになります。」

木原専務が口添えした。

「もう一つ、伺っておきたいのは、人事権ですが、これはおまかせ願えるでしょうね。」

「もちろんです。あなたが、専務として来てくださる以上、絶対にお任せします。」

「いや。」

と、はじめて久世俊介が強い眼になった。

「ぼくは専務などにはなりませんよ。」

「なんですって?」

「仮りにぼくがお手伝いするとしても、そう長い期間ではないと思います。したがって、専務などでなく、もっと気楽な立場が望ましいのです。」

中杉社長は、しばらく久世の眼を見つめていたが、ゆっくりとうなずいた。

「ぼくらは何も言いません。久世さんの意思を尊重しましょう。そのかわり、社の権限は全部お任せします。」

「社長。」

と、木原専務が横を向いて言った。

「役員でないと、いろいろと、不便じゃないですか?」

「いや、ぼくらがお任せすれば、役員と同じような権限をもつのは可能だと思う。」

「すると、さしあたり、編集総務というような職制でも設けますか? どうでしょう、久世さん。そういうことでは？」

と、久世のほうを向いてきいた。

「そう。役員以外だったら名前はなんでもいいですね。」

「久世さんの気持は、よくわかりますよ。では、いちおうそういうことにして。次に何かご希望がありますか。」

「そうですな。今、編集総務という言葉が出ましたが、編集だけに片寄らず、営業のほうにも重点をおく必要がありますね。」

「ははあ。すると、編集と営業と両方をやっていただくことになるんですか？」

木原専務がきいた。

「新聞社というところは、」

と、久世が言った。

「編集と営業とは、もちろん、車の両輪のようなものです。編集が悪くては営業面にひびくし、営業がいけなくては取材費その他が窮屈になって、編集面が落ちてゆく。ところが、現在の大方の新聞は双方が無縁といったらいいでしょうか、なんとなく、編集畑の人も営業面に理解がないようです。」

久世俊介は、パイプの煙を静かに上げていた。

「そういうものが、新聞社の伝統といっていいでしょうな。したがって、営業となると、なんとなく編集面に、劣等感のようなものをもっている。同じ社内でありながら、このあり方はおかしいと思うんですよ。むしろ編集の人がもっと営業に理解をもつ。そのためには営業に協力してゆくということが、新聞社の経営をよくしてゆくことになると思います。」

「ごもっともです。たしかに、そういう弊はあるようです。」

「ことに、これから勢力を挽回してゆこうという東陽新聞みたいなところは、編集がもっと営業に密着する必要があります。つまり、編集、営業を分離しないことですね。」

「すると、混乱が起こりませんか？」

木原専務がきいた。

「もちろん、職制は現在のままでいいです。やはり二つに分ける必要がありますが、現在のように、分割という意味でなく、編集もまた営業に参加するというかたちをとらねばだめです。それくらいにしないと、東陽新聞は立ちあがれませんよ。大新聞の真似をしては、とてもだめです。」

「ご趣旨は、よくわかりました。」

中杉憲一郎は、何度も首をうなずかせた。

「その線で、われわれは具体的なことを考えてみましょう。また、あなたの待遇もその線で考えます……。な、君、異論はないだろう。」

「結構です。」

木原専務も賛成した。

「われわれは、とにかく、久世さんを信頼してるんだから、いっさいをお任せします。本当を言えば、役員に迎えたいのですが、久世さんの気持も、わからなくはないので、いちおう、ご意見どおりにします。」

「いや、わがままを言ってすみませんでした。ぼくも、お引き受けするかどうか、なおよく考えます。」

「久世さん。」

社長が言った。

「そんなことをおっしゃらずに、引き受けてください。」

「いや、気持は多分に動いているのですが、もう少し考えさせてください。ぼくにとっても、一身上の大事ですからね。」

「すみません。せっかく、いまの社で、安泰にやっておられるのに、どうもとんだ冒険をお願いして申しわけありません。」

社長は軽く頭を下げた。

「しかし、久世さんも、社は相当長いのでしょう?」

「もう二十年になります。」

久世は少し寂しそうに笑った。

「長いばかりで、ろくな仕事もしなかったんですがね。」

「いやいや、久世さんの評判は、たいしたものですよ。実績もよくわかっています。だからこそ、無理を承知でこんなお願いをしているんですが……。では何分、よろしく……。」

そう言って、社長は、木原専務をうながして立ちあがった。

客二人を帰したあと、久世俊介は、ぼんやり椅子に身体を沈めていた。

窓に当たる陽が強くなってきた。隣りの部屋で、床の絨毯を掃除しているモーターの音が聞こえる。

電話が鳴った。

亜矢子の声だった。

「久世さん?」

「いかが?」

「ぼんやりしてます。」

「いつもの癖ね……。今日、奈津井さんが来ましたよ。」

「ほう。何の用事で行ったのですか?」

「新婚旅行の報告ですわ。なんだか、あまり愉快でなかった様子でしたわ。」

「そうですか。」

「やはり帰りに松島に泊まったんですって。わたくし、それとなくきいてみたら、わたくしたちと同じ晩でしたわ。」

「…………」

「ほら、わたくしが先に着いて、憩んでいた家なんですの。おどろきましたわ。」

「そうでしょうな。」

「あら、他人事みたいにおっしゃらないで……。なんだか、あなたの声、変ですわ。」

「そう聞こえますか?」

「ええ。お疲れになったみたいな声ですわ。どうなすったの?」

「やっかいな相談を持ちかけられてるとこです。」

「なんですの?」

「いずれお会いしてお話ししますよ。」

「そう……。わたくしも、実はお話ししたいことがありますの。」

「そうですか。」

「今日、シンガポールから手紙がきましたわ。」

「…………」

「近いうち、竜崎が帰ってくると言ってきましたの。」

亜矢子の声が急に沈んだ。

竜崎重隆は、M物産のシンガポール支社長であった。

「シンガポールから帰ってくるんですか？」

「そうなんですの。」

「すると、今度は本社詰めになったんですか？」

「いいえ、休暇で帰ってくるらしいんです。」

「いつですか、お帰りになるのは？」

「来月の十日ですって。」

「あと、二週間ですね。」

「いつも、こういうやり方ですわ。日ごろは、何も音信がないくせに、用事のときだけ、突然よこすんですの。」

「この前、お帰りになったのは、いつでしたか？」

「一年前ですわ。」

「ああ、そうだった。お父さまがお亡くなりになったときですね。」

「そうなんですの。あれで、いやいやながら帰ってきましたわ。」

「今度はなんです？　特別に用事があるのですか？」

「いいえ、わたくしのほうには、何もありません。」

「じゃ、仕事のうえのことでしょうか？」

「何も書かない人ですから、見当がつきません。」

ここで、二人だけの疑問が、電話をへだてて交流していた。亜矢子の夫の、不意の休暇のことである。

「ご心配なすってらっしゃるのね。」

亜矢子は、その意味を言った。

「あなたにご迷惑はかけませんわ。」

危惧をまぎらわすように彼女は言った。

「今日、そういう手紙が来たということだけを、申しあげたかったんです。」

「わかりました。お宅の特別な用事とは関係のないことで、ただの休暇で帰ってらっしゃるんですね？」

彼は念を押した。

「そうなんです、なんにもありませんわ。」

電話を切るつもりでいると、亜矢子の声が止めた。

「今日、そちらをお引きあげになるんですって？　何時ごろでしょう？」

「夕方までいるつもりです。」

「お目にかかれませんかしら？　いいえ、手紙が来たから、という意味ではありません。」

「今日はよしましょう。」

久世俊介は断わった。亜矢子は黙っている。

「では、いつ？」

ときいたのは、かなりたってからだった。

「そうですね。ぼくも、ちょっと、これから忙しくなりそうです。」

「お仕事？」

「そうですが、環境が変わってきそうなんです。いまの社を辞めるかもしれません。」

亜矢子の声が切れたが、今度は衝撃を受けたためらしかった。

「どうなさいましたの？」

声に、おどろきがこもっていた。

「いま、やっかいな相談を持ちかけられているところだと言ったでしょう。それなんです。これもあとでお話ししますがね。」

「くわしく伺いたいわ。だって社をお辞めになるなんて大変なことですわ。心配なんです。どんなことをなさるかと思って。」

「ぼくのことですから、たいした謀反気をおこしたわけじゃありません。」

「ねえ、お会いできませんかしら？　そのお話もぜひ伺いたいし。」

「だから、あとのほうが、いいと思うんです。そのやっかいな相談のことも、気持のなかでは、迷っているんです。」

「わたくしでは、ご相談にあずかれませんの？」

「男の仕事ですから。」

と、短く言った。

「そう。」

亜矢子の声が落ちた。

「ご連絡くださいます？」

「そうします。場所だけは決めときましょう。いつか、おつれしたことのある、地下室のバーです。」

「あ、パミールとかいった？」

「そう。夕方の六時ごろだったら、誰もいません。」

「わかりました。では、ご連絡をお待ちしてますわ。」

久世俊介はソファに戻った。煙草をパイプに詰めかえた。

防音装置のきいた窓だったが、ときどき下を通るクラクションが聞こえた。

空は明かるい。

久世俊介は、電話を切った亜矢子がどのような動作をしているかを想像している。

多分、これから、彼女は、姑（しゅうとめ）の部屋に行くのであろう。

亜矢子の話によれば、姑は元宮家の血筋の人だということだった。久世俊介は見たことがないが、色の白い、面だちのととのった、上品な人だという。もう、七十に近いが、銀色の白髪を茶筅に結って、しじゅう、自分の居間にすわっているということだった。

亜矢子のいる部屋からは、庭伝いに姑のいる建物まで行かねばならない。建物は大正のころに建てられたもので、先々代の遺愛の館だった。上品な老婆は、その館の奥の、茶室めいた座敷に、ほとんど視力を失ってすわっていた。

彼女の話だと、この姑がいるかぎり、夫との離婚は不可能だというのだ。叔父や叔母、従兄弟などの親戚が星みたいにいっぱいいる。家柄という星雲だった。

老婆は薄明の世界に生きていた。亜矢子の姿が、うすぼんやりと、影だけはわかるらしい。乳色の霧のなかに人影が見えるようなものだった。

亜矢子が手紙を持って姑の横にすわり、夫からの便りを読んで聞かせている様子が久世俊介の眼に浮かぶ。

久世は、いつまでもパイプを吹かしていた。

4

ドアをノックして、管理人のおばさんが顔を出した。

はいってきた。

「奈津井さん、お客さんですよ。」

おばさんの後ろに、二人づれの男が立っていた。男たちは、ていねいにお辞儀しながら、

おばさんは、そのまま引きあげて行った。

アパートだし、狭いので、千佳子は客と間近に応対した。一人は年配者だったが、一人は若かった。服装は、あまり上等でない。

内ポケットから黒い手帳を出して、警視庁の者だ、と客は身分を明かした。

「ご主人はいらっしゃいますか？」

年配のほうが、ていねいな口のきき方で言った。

「ただいま、出ております。」

「奥さまでしょうな？」

「はい。」

「それでは、奥さまからお話を聞くことにしましょう。」

刑事と知ったときから、千佳子の直感は当たった。やはり、十三潟の死体のことである。あのとき、地元の警察官が、いずれ東京のお住まいのところに、警視庁から話を聞きに行くかもわからない、と言ったのをおぼえている。

「ええと、今月の十五日ですがね。たしかご主人と奥さまは、青森県の十三潟にいらした

ですね。」

「はい、まいりました。」

「そのとき、砂原で、男の死体があるのをごらんになったそうですね？」

「はい。」

「お二人のうち、どなたが先に気づかれたんですか？」

刑事は世間話をするようにもの柔らかな口調だった。

「奈津井のほうです。」

「ほう、ご主人。すると、奥さまは？」

「あとで呼ばれて、死体のそばに行きました。」

「あの死体は、あの近所の子供が発見して駐在に知らせてる間に、あなた方が近づいてこられたんですね？」

「それは、そのとおりでした。あとで子供が案内して、駐在巡査の方が見えましたから」

「ご主人は、カメラをおやりになるんですか？」

「はい。」

「ご主人がカメラを構えて、死体のそばをあちこちと歩かれたので、あとで、ずいぶん、向こうの駐在巡査が叱られたらしいですな。」

千佳子は、人のいい巡査の顔を思いだした。

「それは申しわけございませんでした。」

「これがもし他殺死体だったら、ご主人の行動は相当問題になるのですが、幸い服毒自殺という証拠があがりましたので、ご主人は助かったわけです。」

「死んだ方の、」

と、千佳子はきいた。

「身もとはわかったのですか？」

「わかりました。秋田のほうから、人目にふれない死に場所を捜して、あそこに来たらしいのです。永久に砂に埋もれてしまうつもりだったのでしょう。自宅に遺書を送っていました。病気を苦にしてのことらしいのです。」

年配のほうの刑事が答えた。

「しかし、とにかくあなた方は、死体の発見者だし、だいぶ現場を荒らしているので、向こうで報告されたお名前がでたらめでないかどうか、いちおう調べてほしい、という依頼が、現地からきたのです。」

「たしかに、わたくしどもが参ったことに間違いございません。」

「失礼しました。」

二人の刑事は、ていねいにお辞儀をすると、ドアの外に出た。

千佳子は窓際の椅子に戻った。近くの邸町に明かるい陽が上から照っている。植え込みの木も光っていた。

千佳子は、十三潟の空の色を、刑事二人がここまで運んできたような気がした。

灰色の砂と、鉛色(なまりいろ)の重い海だった。

腰から上を砂から抜けるように這い出て横たわっている男の姿が、雨に打たれた古いボロ布(きれ)のようだった。

その男の姿だったら、近ごろ、奈津井がしきりと写真に焼き付けている。フィルム三本分にたっぷりと死体を写しとらせていた。

千佳子は、奈津井がその写真を苦労して整理しているのを知っている。毎晩のことだった。夫もあまり見せたがらなかったが、千佳子もそれから眼をそむけていた。

旅行から帰って奈津井が、はじめて仕事にとりかかったとき、千佳子に言った。

「きみは、ぼくの仕事を、どう思ってるんだね?」

「どう思うって?」

「なんだか、興味なさそうだね。」

「そうでしょうかしら? わたくし、そんな気持はないんですけれど。」

「いいよ。」

奈津井は、いらいらしたように煙草をくわえた。

「べつに興味のないことに、熱心になってくれとは言わない。しかし、きみがいやでも、これはぼくの仕事だ。」

その言い方が、妙にひねくれた感じにとれた。

「きみがどう思おうと、ぼくは、自分の仕事を大事にする。いまに見ていろ。ぼくはきっと、この仕事で成功してみせる。」

青年らしい意気ごみが、そこにあった。妻から仕事を認めてもらえない、若い夫の虚栄心みたいなものを、彼女はそのとき感じた。

刑事が帰ったあと、奈津井が戻ってきた。いつも、忙しそうな様子をしている。千佳子が上着を取ろうとすると、いいんだ、と断わった。

「これからスタジオに行く。」

スタジオというのは、若い仲間同士でつくっている共同の制作場所だった。そこには共同の暗室があり、共同の助手を使っている。

「いま、刑事さんが見えましたわ。」

置いて行った名刺を見せた。奈津井が、それを見て落ちつかない顔をした。

「何か言ってきたのか？」

「十三潟のことです。あのとき巡査に言った私たちの名前を、たしかめにきたんです。」

「ふむ。」

奈津井は、名刺を畳に落とした。

「まさか、ぼくが撮ったネガを取りあげると言ったわけじゃないだろうね？」

「そんなことは言いませんわ。あのときの死体は、服毒自殺だとわかったそうです。」

「…………」

奈津井は黙った。

黙って机の前にすわり、横の書類整理棚の引出しからネガを捜している。引き出しは、どれもネガの袋でいっぱいだった。

スタンドをつけ、フィルムをかざして見入っていた。

「お昼ですが、お食事を支度しましょうか？」

「いらない。」

フィルムを見たままの返事だった。

「いまから出るから、外で食べる。」

「お帰りは早いんですか？」

「わからないね。」

と、フィルムを替えて、また灯にかざした。フィルムのはしがまくれている。

「仲間と打ち合わせしたあと、飲むことになるかもしれない。きみは先に寝ていればいいだろう。」

フィルムのまくれを伸ばしながら、奈津井は一コマずつを点検していた。

フィルムには白い筋がわずらわしげに交錯している。太い筋。細い筋。奥入瀬で撮ったネガだった。フィルムを透かしてスタンドの灯が、曇り日の太陽のように白くなっている。

奈津井久夫は、妻のほうに眼を移した。

千佳子は黙って隣りの部屋にはいっている。

寒い風が部屋に吹いているようだった。

奈津井は鋏でフィルムを切っている。

落ちたフィルムは、弾力をもってまくれた。それをていねいに選りわけ、封筒に入れて分類した。細くやせた指先だった。

アパートは三階建てだった。四畳半と、六畳と、小さなキッチンと、バスルームがつく。こういう部屋が一棟に三十ぐらいある。多くは若い夫婦者で、子供があっても一人か二人だった。

それぞれの部屋で、若い家庭生活がいとなまれている。幸福そうでもあるし、見た眼に明かるかった。しかし、その底に、不幸と暗さとがつねに萌芽を覗かせている。これから三十年にわたる、家庭生活のふしあわせと崩壊とが芽を吹いているようにみえる。合理的な間取りの中に、若い人間生活の群れは不安定にうごめいていた。

千佳子だけは、奈津井との生活に、光を求めていなかった。

奈津井は封筒をポケットに入れ、出かける用意をした。

千佳子が送っている。感情のこもっていない眼だ。夫に触れてくる眼ではなかった。今まで、心から彼女が笑ったのを見たことがない。

夜の愛情も、白々としていた——。

若い仲間

1

スタジオは、神田の写真機材料店の二階にあった。

奈津井久夫と若い仲間たちが共同出資して造ったものだ。その使用もグループだけに限られている。五人がその会員だった。

スタジオには暗室が二つある。部屋が狭いので、充分とは言えない。

まだ、各自が独立のスタジオを持てないのである。合理的という意味で、この共同体の思いつきとなった。

誰の弟子ということもない助手が二人、いつもここにいて、現像、焼き付け、引き伸ばしなど、D・P屋の分担をうけもっている。

お互い、忙しい仕事を持っている身体だった。たとえば、雑誌社に頼まれて地方に旅行しても、東京に帰ると、頼まれたすぐ次の仕事にかからねばならない。

こんな場合、駅から駆けつけて、フィルムだけをスタジオで現像しておけば、あとはその仕上げまで、共同の助手がやってくれるという仕組みである。

五人とも気の合った仲間だった。若いし、将来を有望視されているくらい、それぞれが特徴をもっていた。

しかし、滅多に、ここで五人が顔を合わせることはない。忙しいから一人が帰ると次の一人が来るという具合だ。だから三人ぐらいでも落ちあうと、たいへんな議論になってしまうことがある。

そんな仲間だった。彼らはこのスタジオに自分たちで名前をつけている。「杉の会」というのだ。

その名づけの理由によると、杉ぐらいまっすぐに空に向かって生長する木はないからだ。しかし、もう一つの意味は、ベニヤ板張りのこの貧弱なスタジオを象徴する名でもあった。

スタジオの電話もまた、共同で使用される。もし、注文主が誰かと連絡しようと思えば、この場所に電話をかければ、用がたりる。連絡は二人の助手のどちらかがとってくれた。

仕事場は、しかし、屋根裏のように汚なかった。表には絶えず都電のうるさい音が聞こえ、トラックの地響きが家鳴り震動となって伝わってくる。

奈津井久夫が、そのスタジオに姿を現わしたのは、その日の昼下がりだった。

梅雨空を思わせるような、暗くて蒸し暑い天気である。

「いらっしゃい。」

助手の吉田が、奈津井に微笑った。

「もう、奈津井さんがお見えになるころだと思って、お待ちしてましたよ。」

「そうかい。」

「そのために、一号の暗室をずっとあけているんです。」

吉田は奈津井を尊敬していた。奈津井の傾向がすてきだというのである。

これは、もう一人の助手の宗方も同じだった。二人とも、N大芸術科の写真学部を卒業して二年目という若さで、いわば、ここで修業の身だった。

奈津井の声が聞こえたのであろう、二号の暗室のドアがあいて、ゴムの前掛けを首から下げた宗方が顔を見せた。

「今日は。」

宗方も奈津井にお辞儀をした。

「きょうは、いよいよ、奈津井さんの出品作品をやられるんですか?」

二人とも、眼を輝かしてきく。

「まあね。」

部屋にはボロ椅子が五つぐらい並べられてある。まん中に汚ない卓があってみんながそろうと、若い助手が不器用な手つきで紅茶ぐらいは出す。むろん、紅茶代も、菓子代も、公平に五人の負担だった。

狭い部屋のすみに書類整理棚みたいなものが置いてあって、五人のフィルムや、印画紙などが区分されて収められてある。もちろん、壁は写真ばかりの装飾だった。

その壁写真も助手二人の作品が多い。吉田の作品は奈津井の傾向に近く、宗方の写真は、やはり奈津井と同じ力量に見られている梅垣昌明(うめがきまさあき)の影響が強い。

「ほかの連中は、まだ来ないかね？」

奈津井はレインコートをぬいだ。さっそく、吉田が受け取って壁に掛ける。

「はあ、二時間ばかり前、奈良本(ならもと)さんが見えました。」

宗方が答えた。

「仕事をしたのかい？」

「はあ、ご自分で現像なさってました。」

「ふむ。君たちには頼まなかったの？」

「なんですか、展覧会用らしいんです。みなさん、出品作品となると、大事をとって、ご自分でなさいます。」

奈津井は微笑した。

「君、これを棒焼きにしてくれないか。」

奈津井は、ポケットから紙包みを出して渡した。

「ほう、出品作品ですか?」

「気に入ったのがあったら、そうしたいと思ってる。吉田君。」

「はあ。」

「この間頼んだ密着は、できてるかい?」

「できています。奈津井さん。すばらしいですね。」

「そうか。」

「びっくりしました。立派な絵に接すると、その絵描きがいったい何を食べて、こんなすばらしい色を出しているのかと思うんですが、奈津井さんの写真も、そんな感じですね。同じ光線でも、まるきり本質が違うみたいです。」

「そうかね。」

奈津井は、てれくさそうに苦笑した。

「誰にも見せなかっただろうね?」

「はい、出品作品では、みなさん、協定してらっしゃいますから。」

助手二人は笑った。

お互いに、会場に出るまでは見せあわないことにしている。そのため、五人で、このスタジオの時間まで分割して協定しているのだ。

宗方が、やはり笑いながら言った。

「それでも、みなさん、ほかの人が何をやってるのかと、ずいぶん、気にしてらっしゃるようです。」

「そうだろうね。ぼくだって知りたいから。」

「とくに奈津井さんのは、どなたも知りたがっていますよ。」

奈津井は笑い、

「どれどれ、密着を早く見せてくれたまえ。」

と、吉田に言った。


奈津井久夫は、暗室で仕事をしていた。

まず、これと思うフィルムを、四つ切りぐらいに伸ばすのが今の作業だった。

暗い電球がついている。暗室用の赤茶けた光だ。扉(と)を閉めきっているので、蒸し暑さがひどい。現像液に氷をいれているくらいだった。

電車の音が聞こえる。重々しいきしり音だった。

水道の水の音がしじゅうしていた。伸ばした写真が四五枚、オート・ウォッシャー(印画水洗機)の中に浮かんでいる。

画面に裸の木がしげりあっていた。太い幹、小さな梢がさまざまな線で湾曲し、交錯(こうさく)し、ひろがっている。

みんなほとんど同じ画だった。奥入瀬（おいらせ）の渓谷で撮（と）ったフィルムは、たっぷりと二十本はある。その中から選んだのがこれだった。奈津井は、この画面の処理を眼で考えている。暗い密室だし、たった一人でいるのだ。表にいる二人の話し声もあまり聞こえない。だいたいの構想はできていた。今度はこのフィルムの画から、自分の理念にそってどのように構成してゆくかだ。これが現在の奈津井の取り組んでいる課題だった。

奈津井は眼で、画のトリミングを考えながら仕事をしていたが、ときどき、その眼が迷っている。澄んだ水面から下の小石をのぞいて、風のおこしたさざ波にさまたげられたようなものだった。

亜矢子のことと、千佳子のことが、交互に頭に浮かぶのである。

暗いところに一人でいるので、思考が凝集（ぎょうしゅう）するかわり、あらぬところにも伸びる。

亜矢子の姿が、明かるい陽（ひ）ざしの中で、芝生を歩いている。街の屋根が下に一めんに見える高台だった。彼女の頬の半分に、陽が白く当たり、かげの部分は夜のように暗くなっている。五月の光の下だった。

千佳子の姿は、アパートの部屋にぼんやりとすわっている。曇り日のように陰影のない顔だった。彼女に、奈津井は明かるい光線の記憶がない。かたい顔と心の奥をみせない女の姿態だった。

いま、奥入瀬で撮った自分の画を見ていると、亜矢子よりも千佳子のほうが、とくに鮮明に眼に出てくるのだから妙だった。梢の謎めいた交差が、千佳子という女にふさわしいのかもしれなかった。

亜矢子のことを考えると、思わず気分が明かるくなってくる。しかし、いまの奈津井の狙（ねら）っている作品の効果は、あくまでも虚無的で退廃的なものだった。その意味で、千佳子の面影だけが出てくれたほうがいいのかもしれない。感情のこもっていない眼だった。奈津井との結婚を最初からあきらめているような投げやりな、愛情のない身体だった。

それを考えると、奈津井はひとりでに、彼女への焦燥（しょうそう）と反発とを感じる……。

今、奈津井の考えている写真の構図は、この梢の網の画の上に、十三潟の男の死体を置こうというのである。

これまで、死んだ人間をこれほど近く、これほど細密に撮った写真家はいない。死体の耳の表情にしても、砂をかいている指先の表情にしても、生きた人間のモデルでは、決して得られない量的な実感があった。人間が物体に化したときの、きびしい荒廃感だった。

奈津井は、いつしか、この作品こそ、千佳子に向かって投げつけるべきだと考えていた。三時間ののち、このスタジオに仲間の五人の顔がそろっていた。

曇った日は日暮れも早かった。街には灯がついている。

「疲れた顔をしているね。」

奈津井の顔を見て菅野がさっそく言った。

「あんまり張りきるなよ。」

長沖が笑った。

「君にそう張りきられては、ぼくらが、たまんないからな。」

「奈津井、傑作ができそうだな。」

奈良本が冗談めかして大きな声を出した。

「これは手強いぞ。奈津井が仕事でこんなに疲れた顔をするのは見たことがない。」

「そんなんじゃないよ。」

奈津井は髪をかきあげて答えた。

「少し変わったことをやろうと思っていると、迷いがくるんだ。」

「新機軸かい?」

梅垣が言った。

「そうでもないが、とにかく、気持だけでは、自分の転機をつくりたいと思っている。こんところ、自分の画に飽きていたところだから。」

「そりゃぼくも同じだ。」

梅垣はうなずいた。

「しかし、ぼくなんか、まだ暗中模索だ。君が見当だけでもつけたのは、うらやましいよ。」

「どうだか。これはできてみないとわからない。」

「とにかく、今度の五人展はたのしいな。何が出てくるかわからないからな。」

仲間同士でも会場に並べるまでは秘密にしよう、という協定が五人の間にできていた。これは一種の刺激と意欲とをあおった。

これから食事に行って、今夜はゆっくりと飲もう、というのが前からの皆の相談だった。

「君は一時間ばかり暗室にこもっていたそうだが、テストはどうだった？」

梅垣が気がかりそうにきいた。

「まだ、さっぱり見当がつかない。自分でもどうなることかわからない。」

「むずかしいところだな。実は、ぼくもそうなんだ。」

話が写真のことになりそうだったので、菅野が大きな声でとめた。

「おれは、さっきから腹がへっている。そんな話は、飯を食ってから、酒でも飲みながらゆっくりとやろうぜ。」

ほかの連中が、これに賛成した。

2

バーは〝グラウゼン〟という名である。

銀座裏の二階だった。ドアをあけると、すぐにカウンターが伸びている。酒瓶やグラスの並んでいるにぎやかな棚を背景に、二人のバーテンが身体を忙しく動かしていた。カウンターの突き出ているところだけが狭く、その先は、かなり広くなってボックスが並んでいた。

五人の若いカメラマンが、卓をまん中に、両方でむかいあって、グラスを手にしていた。マダムと女の子が三人、それぞれの間に挟まっている。

マダムというのは、三十前後の女だった。スタイルのいいのは自分でも心得ていて、いつもシンプルな、身体にぴったりした洋装をしている。

今日は黒いレースのドレスだった。

この店には、よくジャーナリストや文化人が来る。いまも離れたところで、新聞社の男が二人と、雑誌社の男が三人、かたまっていた。

話は、最近、マダムが絵をあつめだしたことで弾(はず)んでいた。号十万円もするようなものを月賦で買っているというのだ。

奈良本が別の卓にいる新聞社の男と知りあいらしく、途中でぬけて、その卓に行っていたが、やがて、眼の色を少し変えて戻ってきた。

「おい、久世さんが、今の新聞社を辞めるんだってよ。」

グラスを手に持った者まで卓に置いたほど、ほかの四人の仲間がぎょっとなった。

「ほんとうか？」

と言ったのは梅垣だった。

「ほんとうだ……。いま、あそこの席にいるのは、」

と、これは低声になって、

「S新聞社の学芸部にいる山野さんだ。たったいま、自分も聞いた、と言って、ホットニュースだと教えた。」

「久世さんが！」

と、マダムが軽く叫んだ。気づくと、彼女までが表情を変えていた。

しかし、マダムが久世のことを言っても不思議ではない。いまこそあまり姿を見せないが、久世は毎晩のようにくるここの定連だった客である。

「どうしたんだろう？」

四人が奈良本の顔を見つめた。

「山野さんもよくわからないと言うんだ。なんでも、どこかの新聞社にはいるらしい。」

「どこだろう?」

梅垣がなんとなく、皆の顔を見まわして言った。梅垣昌明は、久世俊介からいつも好意的に見られていた。自分でも久世を尊敬している。

久世俊介のいる現在の新聞社が、有力な中央紙だけに彼がよその新聞社に移るとすれば、それと同格か、それ以上の社でなければならない。五人とも、真剣な表情のマダムも入れて、皆で心当たりの新聞社を頭に浮かべているようだった。

「いや、それがね、」

と、奈良本が言った。

「大新聞ではないそうだ。なんでも久世さんは、小さいところにはいるらしい。」

皆が同時に交わした怪訝(けげん)な眼つきだった。

「どうしたんだろう?」

「久世さんのことだから、上役の人と衝突して、腹をたてて辞(や)めたのかな。」

ありそうなことだというので、五人ともしばらくものを言わないで考えこんでいた。

久世俊介は、彼らの仲間にとってありがたい存在だった。たえず何かと、便宜(べんぎ)をはかってくれているのだ。大新聞社の事業部にいるが、文化部にも相当な連絡があって、ときどき、この若いグループの批評や消息などを新聞にのせてくれる。

彼らにとっては、この上ない指導者であり、理解者であり、保護者であった。保護者という意味は、金がたりなくなると、つい、久世のところに借りに行く。久世は、十万円でも、二十万円でも、気前よく即座に出した。そのかわり、一面には、こわいような厳しさをもっていた。

眼もそれだけ肥えていて、遠慮のない批評をするのだ。

しかし、その批評も若い人の仕事を認めての上のことだった。しっかりした眼の持ち主だし、これは、やっつけられても不愉快な気持にはならない。かえって、久世さんにほめられるものを、次には必ずやろうという気になる。

今度も、五人展のうしろ楯になってくれたのが久世俊介だった。彼はある意味では彼らのプロモーターでもある。

この精神面の激励といっしょに、新聞社をバックに物質的な援助もしてくれるから、ありがたいことだった。

それに、久世俊介というと、大きな企画を次々にやってのける特異な才能をもって評判の男だった。その男が小さな自分たちの企画の面倒も見てくれているというので、若いグループが感激していた。写真家だけでなく若い絵描き仲間もそうだった。その久世俊介が新聞社を退くというのだ。

「おれ、明日にでも、久世さんのところに行ってみる。」

と言ったのが梅垣だった。

「ほんとうかどうか、これは確かめないではいられないよ。」

五人は、いつもパイプをくわえて椅子に凭っている久世俊介の姿に、一種の憧憬をもっていた。若いうちはできないが、あの年配になったら、ぜひ、ああなりたい、というのが共通した皆の念願だった。

「わかったわ。」

これはいままでのはしゃぎ方と違って、その話を聞いたとたん、表情まで変えたマダムの声だった。

「この間、久世さん、松島に行ったのは、そのことね。」

「えっ。久世さんは松島に行ったのか?」

奈良本がびっくりしたようにマダムをふり向いた。

「ええ、そうよ。わたし、ちょうど、久世さんが松島から帰ってらしたとき、パミールでお会いしたわ。きっと、松島で、今度の新聞社にはいる秘密な相談があったのね。」

そのパミールから久世のホテルまでかってに押しかけて行ったのが、このマダムだった。

「いつのことだ?」

「ええと、たしか今月の十八日ごろですわ。」

「なあんだ。」

長沖が奈津井の顔を見た。

「そのころだったら、奈津井、君が新婚旅行で松島に泊まっていたときじゃないか。」

「うん。」

奈津井は妙な眼つきをしてうなずいた。妙な眼つきというのは、何かを思いだしている表情でもある。

奈津井の眼には、望洋閣の茶室の沓脱ぎにぬがれた一足の女物の杉下駄が見えていたのだ。石の上にきちんと寸分の隙もなくそろえられた下駄と、それとはまるっきり反対に乱暴にぬがれた同じ下駄とが――。

いま、久世俊介が同じ日に松島に来ていたと聞いて、別に論理的な連絡はないが、ふいと、その紅い鼻緒が彼の眼に映っていたのだった。

久世俊介が、今の新聞社を辞めるという意外なニュースで、その夜の五人は興奮して解散した。

奈津井久夫は少し酔って、アパートに帰った。このとき十一時を過ぎていた。

ドアには鍵がかかっていた。奈津井が自分の合鍵であけてはいると、千佳子の姿はどこにも見えなかった。

「千佳子。」

奈津井はそこにつっ立って呼んだ。返事はなかった。

部屋がきちんと片づいている。

千佳子の姿が部屋にないと知ったとき、自然と奈津井の眼は、座敷に置かれている妻の持ち物に移った。

思わず、詮索的な表情になっていた。

道具はきちんと整頓されてある。いつものとおりで、変化はない。洋服ダンスをあけたが、女のスーツもワンピースも整然とハンガーに下がっていた。

タンスの引出しをあけた。彼女の外出着も、包み紙のまま、几帳面にたたみこまれていた。

ハンドバッグもある。スーツケースも押入れの中にあった。

奈津井が煙草を取りだして吸ったのは、これを確かめたあとだった。

予感は、千佳子が彼から逃げたかもしれないという想像だった。すでに夜の十一時だった。アパートじゅうが寝静まっている。時折り、遅い帰宅の客を乗せたタクシーがとまる音がした。

奈津井に、瞬間でもこの想像がひらめいたのは、日ごろの千佳子を意識しているからだった。いつかは彼女が自分のもとを去りそうな気がする。

瞬間の神経は過敏だった。彼女が去ったのではないとわかってからも、その想像がまだ尾をひいている。

奈津井は、煙草の半分を灰にした。コンクリートの廊下を歩いてくる足音がしたが、この人は真向かいの部屋の鍵をまわした。奈津井は残りの煙草を捨てて立ちあがった。ドアを閉め、鍵をかけ、冷たくて堅いコンクリートの階段を降りた。階下に降りきるまで、誰にも出会わなかった。

アパートの外へ出た。門柱に、このアパートの名前を書いた照明がついている。そのまぶしい光が、彼の顔を瞬間に照らした。あとは戸を入れた家ばかりの暗い街だった。

外灯がある。人の影が動いていたが、みんな男の姿だった。奈津井は、道を歩いた。四つ辻がいくつかあったが、どこにも彼女の姿はなかった。

胸が騒いだ。千佳子が彼の意思の働かない場所で行動している実感がきた。

道の正面に黒い雑木林がある。遠いところに別なアパートの窓の灯がまばらについていた。電車の音が地面を引きずって伝わってくる。アパートのはずれは暗い畑になっていた。

奈津井の眼は、雑木林のふちに立っている人の姿を発見した。彼は歩いた。闇のなかに、白っぽいワンピースがほのかに浮かんでいた。奈津井は、背後でわざと靴音を高くした。

さすがに、千佳子は急に振り向いた。

奈津井が進むと、うしろの外灯の光が彼の両肩をすべって、その輪郭で、奈津井だとわかったようだった。彼女の姿勢が動かなくなった。

「千佳子。」

奈津井は、少し離れたところで立ちどまった。

「何をしてるんだ？」

彼女はゆっくりと奈津井のほうに歩いてきた。だが、世間の妻が夫に見せる、あのはずんだ足どりではなかった。どこか仕方のなさそうな動作だった。

「お帰んなさい。」

彼女は短く言った。

「何をしてるんだ。こんなところで？」

千佳子が横に来たとき、奈津井は詰問した。

「すみません。お帰りを知らなかったものですから。」

奈津井は、素早くあたりを見まわした。誰の影もなかった。また、誰も今までそこにいた形跡はなかった。奈津井は、千佳子が完全にここに独りでたたずんでいたことを知った。

「そんなことを言ってるんじゃない。どうしてこんなところに来てるかときいているんだ。」

「すみません。」

彼女はくり返した。

林は小さかった。昼間だと、近所の子供がここで遊んでいる。

千佳子は奈津井の横に並んで、アパートへ向かって歩いていた。しかし、奈津井の手を求めるでもなく、生き生きとした動作になるでもなかった。奈津井がそこに来たので仕方なくいっしょに帰るといったような様子だった。

奈津井は、ふと、千佳子が今まで独りで遠い灯をながめて涙を流していたのではないかという気がした。彼は千佳子の横顔をそれとなく見たが、外灯のうすい光は涙の跡らしいものまでは見せていなかった。

「ばかだな。こんなところへ独りでくるやつがあるか。」

奈津井は言ったが、言葉は彼の本心からははずれていた。この場合、そういう言葉が普通の夫らしく適切と思ったから、口から出たというにすぎなかった。彼の実際の気持は、千佳子がここで何を考えていたかを、うかがっていた。

奈津井は、彼女の手を握った。この動作は、彼からいつも一歩離れたところにたたずんでいる妻の気持をはかろうとするずるさと、誰も歩いていない夜の道が、その気持を起こさせた。しかし、千佳子は、それにもべつに反応を示すでもなかった。夫に握られたから、そのまま指を任せているというだけだった。だが、これはよそ目には恋人同士の遅い夜の散歩のように見えたにちがいない。

奈津井は灯のとぼしい冷たい階段を上がりながら、また、あの焦燥(しょうそう)に突きあげられた。いつまでも妻の本心を確かめ得ない夫の焦燥だった。

部屋の前に来て、千佳子がポケットから鍵を出し、かがみこんで鍵穴をまわしている。奈津井は、それをながめていた。

小さな金属性の音が鳴る。彼女は、一度であかないので、もう一度鍵をさしこみ直し、指先を回していた。その屈(かが)みこんでいる姿勢を見たとき、奈津井の脳裏には、千佳子が、かつてこのような格好をして、自分の知らない男の部屋の前に立ったことがあるような想像が走った。

3

亜矢子は、姑のそばにすわっていた。

居間は茶室になっている。もう、三十年以上もたっている古い座敷だった。

姑は聡子(さとこ)といった。某宮家の血筋を引いた旧華族の出だったが、若いとき、華冑界(かちゅうかい)の青年貴族に騒がれたもので、その名残りが今でも細面(ほそおもて)の上品な顔に残っている。

茶室はうす暗かった。明かり窓が低いところに光線を誘い入れて、畳だけに青葉の色を映(うつ)していた。

座敷の薄明は、老婆の眼の世界でもあった。聡子は、五六年来、視力を失って暮らしている。

彼女は嫁の手を借りて茶を点てていた。それが彼女の日課のたのしみの一つだった。黒茶碗の中で、緑色の冴えた泡がゆれる。老婆には美しい色がすでに分からなくなっていた。長い間の手先の修練だけが、みごとな点前を完成させている。

「亜矢さん。」

老婆は茶碗を抱え、眼を閉じて嫁の名を呼んだ。

「この間の重隆の手紙を、もう一度、聞かせてくださいな。」

亜矢子は、その手紙をふところの中に入れていた。自分のためではなく、姑がそのことを言いだすのを予期して、ここにくるたびに持っていた。

「はい、いま、お読みいたします。」

亜矢子は、封筒から手紙を出した。短い文章である。

「しばらくお便りしないが、今度、来たる六月十日に日本に帰ります。休暇で、滞在は約二週間ぐらいになるでしょう。お母さまにお変わりはありませんか……。」

聡子は息子の文章をじっと聞いていた。

これで三度目である。老婆は端然とすわって、眼を閉じている。視界を奪われて以来、彼女はいつもこうなのである。

小首を少しかしげ、しじゅう、何かを考えているような格好だった。

「亜矢さん。重隆は、本社に呼びもどされたんでしょうかね？」

質問だが、言葉の調子は、彼女自身が先にそれを否定しているようだった。

亜矢子は、姑のそばにいた。聡子の身体にすぐ手が伸びるところに身体をすわらせていた。

「さあ、休暇と書いてございますから、またシンガポールへ、お戻りになりますのでしょう?」

亜矢子は、眼を炉に落とした。霰釜の下には、特製の枝炭が赤い火をはわせている。かすかに湯のたぎる音がしていた。

老婆はそれを聞いているように、亜矢子の返事があってもしばらく黙っていた。

老婆の表情は疑わしげだった。というよりも、最初からそれを打ち消してかかっていた。

「何のために、今ごろ、日本に帰るのかしら?」

細く洩れた声だった。

「亜矢さん。重隆は、あちらでいっしょに暮らしている女がいるんでしょうね?」

自分の息子のことである。

亜矢子は、その答えを知っていた。しかし、姑には言えないことだ。

「さあ、どうでございましょうか。まさかと思いますけれど……。」

M物産の知った人から、それとなく聞いている話だった。夫には、シンガポールの現地に、キャバレー勤めをしていた女がいるということだった。

日本にいるときから、重隆には女出入りの絶え間がなかった。姑はそれを知っている。自分の夫、つまり、重隆の父に当たる先代が、同じ性格の人だった。

亜矢子が重隆といっしょに外国に行かなかったのも、そのためである。いや、外国だけではなく、彼から離れようと決心したことも、これまでたびたびだった。

シンガポールでは、重隆が単身赴任してきていることで、奥さんとは離婚するつもりか、と現地人がきいているという。重隆は支社長である。夫妻で赴任するのが当然だった。

重隆は、それを妻が病気だと弁解しているらしい。亜矢子は、夫とは事実上の別居生活だった。だから、夫が何をしようと関心はなかった。彼が本社詰めから、在外勤務となったのを機会に、黙ってこの家を出ようとしたことがある。

　それを引きとめたのが姑だった。

こちらで何も言わないうちに、老婆のほうから先に言いだした。

薄明の世界に生きていると、他人の気持も、普通の人間よりは敏感に伝わるものだろうか。

「亜矢さん。わたしが生きてる間だけは、ここにいてくださいね。わたしは、もう、長くは生きていないんだから、それまで辛抱してくださいね。」

　姑は、亜矢子を慕っていた。自分の子に望みを捨てた老婆は、亜矢子だけを頼りにしていた。

「あなたも、ふしあわせな家に来たものですね。」

重隆のことを言っているよりも、世間体をはばかって離婚を許さない家柄のことだった。この家を創始した祖父は、七人の妾をもっていた。祖母に当たるひとは、家の中で女中のように働いていたという。いや、この聡子にしても、その地獄に耐えてきたのである。

――亜矢子が夫の重隆に失望したのは、結婚後すぐだった。極端な言い方をすれば、華麗な婚礼の式場で、初めて重隆の挙動を見たとき、彼女は自分の人生の失敗を感じたといえる。

結婚は、もとより、ろくに見合いすら行なわれず、周囲で決められ、かってに進行したのだった。

まぶしいばかりの結婚式で、暗い翳のよぎるのを見た彼女は、それが正しい直感だったということを後の生活で知らされた。このときは、もう、自分で出口も探れないような状態になっていた。

「きみは、私には、利口すぎる女だね。私には、もう少し、ばかな女のほうが向いている。これからは、私の好きなことをするから、私もきみのことを干渉しないよ。そのほうがずっと、私の気持が落ちつく。きみを見てると、私はいらいらする。ちっとも心が安まらない。男というものはね、窮屈な女房はかなわないのだ。」

亜矢子が好きな絵を見てまわるようになったのは、それからである。自然に展覧会に行くのも多くなったし、画家との顔見知りもできた。画家たちは、夫の重隆とは別な気持の世界に住んでいた。

そういう画家の仲間たちが、亜矢子のことを〝竜崎夫人〟と呼んで、共通の憧憬者としていた。

亜矢子が、画家の仲間に妙な人気をもっている久世俊介を知ったのは、そのころだった——。

4

その日の午後から、重隆の妹夫妻が子供をつれて遊びにきた。

主人はある造船会社の重役をしている。義妹の啓子は三十一歳だった。子供は七つである。

妹夫婦は、一カ月に一度は来た。啓子のほうは、離れの〝おばあちゃま〟のところで一時間ぐらい過ごす。

しかし、義妹は、亜矢子を何となく監視するために来ているようだった。

べつに、ここにくる用事もなかった。

盲目の老婆を見舞いにくるというのだが、半分は、自分の生まれた家が、兄の留守の間、どう変化していくかを観察し、それを防ぎにくるようなものだった。

この家には、先々代ののこした旧い物が多い。義妹はここにくるたびに、何かとそういう物を持ち帰った。

夫の重役というのは、サラリーマン上がりなので、それほど豊かな家庭ではなかった。この家から義妹が持ちだした物は、いつのまにか相当な数にのぼったが、それが、果たして、全部彼女の家庭に収まっているものやら、どこかに、消えたものやらわからなかった。義妹は、いわゆる社交型の女で、この家に伝わっているような骨董などを自由に持ちだし、夫の出世のために、社長や重役の間に配ってまわっているような気が、亜矢子にはする。

老婆は盲目なので、娘に何を持ちだされてもわからなかった。亜矢子自身も、義妹のしていることを、咎めることができなかった。

そのくせ、義妹のほうでは、くるたびに、この家の些細な変化も見のがさない詮索的な眼を働かしていた。

詮索的といえば、義妹は、その夫が兄嫁の亜矢子に好意をよせているのではないかと、たえず警戒している。

事実、彼女がそうした猜疑心を起こすほど、その夫という人の亜矢子に対するそぶりは普通でないものがあった。

その夫のほうでは、その妻といっしょにこの家にくるのが、彼の別のたのしみのようでなく探ろうとしている。義妹は、実家の旧く伝わった財宝を掠め取ろうとし、義弟は亜矢子の隙をさりげなくもある。

義妹は、その夫の行動を警戒しながらも、ふしぎと、どこかそれを奨励しているようなところもあった。この夫婦が子供をつれて、平和な顔つきで訪問してくると、亜矢子は、冷たい影がすうっと眼の前を翳ってくるような気がする。

義妹が子供をつれて〝おばあちゃま〟の離れに行っている間、その夫はちょっとだけ、妻の横にいっしょにいるが、すぐ、離れる。

彼は一人でその辺を歩いたり、腰を掛けたりして、ぼんやりと煙草を吸う。もし亜矢子がそこに通りかかれば如才なく話しかけて引き止める努力をした。

この義弟の眼には、夫と別居同様の生活をしている女への、低俗な観察が注がれていた。その視線はねばっこく、亜矢子の肩から胴への線を這いおりてゆく。

彼の話し方は、しかし、明かるく如才のないものだった。だが、話のはしばしに、義弟はちらちらと、彼女に斥候兵のような探りを試みてきた。

どうかすると、亜矢子の横顔に、この義弟の視線がゆるがずにとまっていることがある。そのようなとき、亜矢子は、彼の男くさい息が、じかに頰に触れてくるような気持になった。

そんな場合も、義妹はわざと、そういう二人だけの場所へ戻ってこなかった。そのくせ、あとで来て、それとなく亜矢子と夫の間を調べるような眼つきになる。

もし、義妹がほんとうに夫を警戒するのだったら、夫をここには連れてこないはずだった。夫の好色を知っている妻は、自分に被害のない程度で、亜矢子を非難し、おとしいれる口実をつくっているようにもとれる。

事実、いつぞや、義弟が亜矢子の指を不意に握ったことさえある。その場は、彼女が自然らしくそれをすり抜けて、相手に不快な感じを与えないようにとりつくろった。このとき、義弟は声をあげて笑い、ほかの冗談にまぎらわせた。

義妹夫婦がくるたびに亜矢子は憂鬱になる。義妹は、お嫂さま一人では寂しいでしょう、と言い、よく芝居などに誘った。しかし、亜矢子は、いつもそれを適当に断わってきた。

義妹は義妹で、亜矢子の様子を、たえずうかがっている。男とは違った、女らしい陰湿な観察だった。もしかすると、あんがい、この義妹はわざと夫を利用して、兄嫁の反応をためしているのかもしれなかった。

親類じゅうで、亜矢子のことが噂になっている。親戚はみんな由緒のある家名をもち、典雅な生活を送っている者ばかりだった。

亜矢子の噂は、親戚の男たちにも女たちにも、好奇な興味で語られていた。この家系では離婚ということが許されない。それは、由緒ある家名の秩序を乱すことだった。このような鎖を張りめぐらした中で、夫との生活から離れている亜矢子は、親戚たちの隠微な嗜虐性を充分に満足させた。

「重隆さんにも困ったものだ。」

親戚はそう言いあう。

しかし、非難されるのは亜矢子のほうだった。重隆の放縦を助けたのは、亜矢子がいけないからだ、というのである。

多少、同情的な言葉を吐く親類もあったが、この場合の同情は、彼らの一種の傲りに似た恩恵であった。

要するに、竜崎家の親戚間では、亜矢子を生かさず殺さずといった状態におくのが、いちばん満足のようだった。

しかも、亜矢子に些少でも、背徳のきざしがあれば、その全身から血を流させるような石を用意して待っていた。

死の構図

1

「杉の会五人展」は、日本橋のMデパートのギャラリーで開かれた。

目下、注目されている若い作家群だけに、この〝五人展〟は関係者の関心を集めた。

ここには、彼らの現在の試みや、将来への方向が発表されていた。

それに、「杉の会」という団体をつくってはいるが、五人ともそれぞれライバル意識があった。だから、同人たちは、外に向かっておのれの作品を発表する以外、仲間同士の腕の競い場でもあった。

作品が会場にならぶまで、互いに見せあわないことに決めたのも、そのためだった。

ふたをあけると、奈津井久夫の作品は圧倒的な好評を得た。

これは、まず、若い仲間がいっせいに、あっ、と思ったことだ。それまで、どのようなものが飛びだすかと、互いが待ちかまえていたものだが、奈津井のその作品を一目見ると、長沖保などは、かぶっていたベレー帽をいきなり床にたたきつけ、

「負けた。」

と、くやしそうに叫んだくらいである。

この気持は、ほかの三人の心を代表していた。奈津井とライバルにみなされている奈良本正司も、ううむ、とうなっただけで、奈津井の作品の前に釘づけになった。両腕を組み、灼けるような眼を画面にじっと当てたままなのである。

「すばらしい。」

奈良本は振り返って奈津井の肩をたたいた。

「君、予想はしていたが、これほどとは、思わなかったよ。」

正直な声だった。

これは、展覧会の開催が明日という日、飾りつけのために、皆が集まったときである。

奈津井の出品作は、全部で十点だった。

課題も一つに決めている。

一口にいうと、それは〝奪われた生命〟をモチーフとしたものだった。

――砂漠を思わせるような乾いた砂の上に、男がうつ伏せになって横たわっている。男の腰から下は、砂の中に埋もれている。死の地底から、這いだしてきたような姿だった。

乱れた髪の毛、砂をつかんでいる指の表情、首と、肩の絶望的な線、それが、砂の地面と照応して異様な乾燥感と絶望感とを盛りあげていた。

レンズは、実に執拗に死体を追求している。

砂粒にまみれた耳朶、砂地にうつ伏せにめりこんでいる顔、指の関節や爪に現われている苦悶。どの部分をとっても、物体と化した人間の肉体が異常な迫力で表現されていた。

迫力は、それがモデルを使っていないナマの被写体に密着していることで生まれている。実際の死体を撮ったという点だ。演出でない、事実という強みである。

しかし、画面は奈津井の腕でかなり芸術的に処理されていた。

もし、単に死体の写真だけというなら、警視庁の鑑識課に行けばいくらでも見られる。だが、奈津井のそれは、すさまじい訴求力をもちながら、死体からの醜悪感を消したみごとな処理の仕方だった。

死体は黒っぽい洋服をきている。白い砂が空間を充塡している。ある画面では死体の部分を精密な写実で描き、ある画面では砂の中に這いずっている黒い物体を、北欧のルネサンス画家のように暗鬱な構図でとらえるというふうな技巧がなされている。そこに奈津井の創意が加えられていた。

しかし、画面はそれだけの構成ではなかった。

砂と死体という単調な構図も虚無感を奏でていたが、さらに、死体は、白い梢の交錯する模様の中にも投げだされていた。これは、死体と森林という別々な写真をモンタージュしたものだった。

だが、枝の奇妙に交錯した線は、死体のもっているナマな実感を、一つの神秘的な抽象にまで漂白させていた。

仲間は、しばらく批評の言葉も出ないくらい、奈津井の十枚の写真をながめていた。最初の一撃にも似た圧倒感が彼らの上に落ちていた。

「奈津井。」

と、ようやく誰かがきいた。

「どこで撮ったんだ?」

「青森県の北端に、十三潟というところがある。」

と、奈津井は答えた。

「そこに行ったとき、偶然、この自殺死体にぶっつかったんだ。まだ巡査が来ていなかったのでね、思うぞんぶん、撮りまくることができたよ。」

仲間は息をつめて聞いていた。写真家にとっては、世間的な悲劇も、ある意味で偶然の幸運となるのだ。

「こっちの木は、どこなんだ?」

「奥入瀬だよ。これも、そのときの旅行だった。作家の富永さんといっしょに十和田湖に行ったとき、いいかげんに撮ってきたんだがね。」

奈津井は説明した。

「ところが、この死体と、この森林とをモンタージュしてみたら、妙に雰囲気が出るんだ。そこで、どんなものができるか、ひとつやってみる気になったんだがね。効果が出たかどうか、ぼくにはわからない。」

「いや、出ている。」

と、賞賛したのは奈良本だった。

「実によく構成ができている。今度は、みんな、君に降参したよ。」

仲間たちが、文句はない、と祝ってくれたのだ。

「こいつは、きっと評判になるぞ。」

菅野が言った。

「まあ、奈津井が評判をとるのはいいことだ。われわれのグループが、それだけ認められることになるんだからな。」

「よし、次の会には負けないぞ。」

皆が奈津井の作品に刺激されて興奮していた。

ふたをあけた展覧会でも、奈津井の作品の前に人が集まった。

その構図の警抜(けいばつ)さにも惹(ひ)かれたのだが、被写体がもっている異様な迫力に眼を奪われた。この作品の前に止まると、人の足が動かないでいる。

「杉の会」は、マスコミでも、いろいろな機会に紹介され、名前もかなりゆきわたっていた。

〝五人展〟は、各新聞でも短い紹介記事を書いてくれたから、人集まりは最初からよかった。その観衆が、おもに奈津井の写真の前で眼をみはっているのである。

なかには、モデルを使ったのではないかと思って、ためつすがめつ近づいて見るアマチュアもいた。事実、死体は演出なのか、ほんものなのか、誰にも区別がつかないふうだった。演出にしては迫真力があるし、実際の死体だったら、これほど制約なしに細部にわたって写せるのが不思議である。ほんものだったら、もちろん、警官が撮影を許可するはずがない。

新聞記者が来たが、誰も、まず、奈津井の作品をほめた。

が、質問は、みな同じ点に集まる。ほんものかどうかということが一番にきかれ、次にどこで撮ったのかとたずねる。

奈津井久夫は、展覧会の第一日から、会場のすみの主催者側の机にすわっていた。が、たえず彼の周囲には、会場に来た知人たちで輪ができていた。

奈津井久夫も、これほど自作が好評を得ようとは予期していなかったのだ。自信はあった。が、賞賛は彼の自信を乗り越えていた。

すると、それはもう閉店時間間際だったが、ふらりと久世俊介が会場に現われた。

第一日だから、五人の仲間はみんなそろっていた。

「久世さんだ。」

久世俊介は若い五人に迎えられた。相変わらずパイプを口にくわえ、渋い顔にかすかな笑いを浮かべていた。この人が現われると、そのがっちりした肩のように、周囲の空気にまで重心を感じる。

久世俊介は、さっそく、若いカメラマンの作品の前を熱心に歩いた。

五人のカメラマンたちが彼を取りまいてついて行く。

画面をながめる久世の眼は、ちょうど画家のそれだった。批評家的な眼といったら、そのあたたかい瞳があたらない。

だが、久世俊介が長いこと立ちどまったのは、やはり奈津井久夫の作品の前だった。

十点の一つ一つを彼は時間をかけて凝視(ぎょうし)した。

「どうです、久世さん。今度の奈津井の作品は格段だと思うんですが。」

奈良本正司が、久世の横から彼の意見を早く引き出したいように言った。

奈津井は自分のことだから、そばで黙っているが、久世の意見を待っているのはむろんだった。

「なるほどね。」

久世俊介がはじめて声を洩らしたのが、全部を見終わって、また最初に戻ったときであである。

「奈津井君。」

と呼んだ。

「はあ。」

奈津井は久世の横にはじめて出てきた。

久世という男は、滅多に自分の本心を顔に覗かせないという評判だった。誰かが、何を考えているかわからない、という批評もしたくらいで、感情は表情に出さないほうである。が、画面とむかいあうと、これは例外だった。いい画面の前に出ると素直に感動を現わし、気に入らないとなると、不満げな、そして、いささか軽蔑したような顔つきになる。こういうことになると、久世は感情を露出した。

「いいよ。」

久世は、すっかり感心した眼を奈津井に向けた。

「とてもいい。去年とはまるで違っている。腕をあげたものだね。」

奈津井はうれしそうに顔をうつむけた。

「そうですか。いや、久世さんにそんなにほめられるとは思いませんでした。」

「これはほめられていいよ。それだけの作品だ。」

久世俊介は眼をまた画面に戻した。

「これ、どこで撮ったの？」

「みんなにそれをきかれています。この死体には、偶然に、青森県の北にある十三潟というところで出あいました。森のほうは、十和田湖の奥入瀬で撮ったものですがね。もちろん、こういう構成に仕立てるために最初に森を撮ったわけではありません。偶然だったんです。」

「幸運だったわけだな。」

「そうなんです。意外なことで奥入瀬が役にたったわけです。」

「効果はある。」

久世は眼を移した。自然とその足も、もう一度全作品の前に移動した。

「不思議な迫力があるね、やはり、素材だな。」

「ぼくも思いがけないものにぶっつかって、はじめは、めんくらいました。」

「そうだろう。警察でよくやかましく言わなかったな。」

「あとから、駐在巡査が駆けつけましてね。叱られました。」

「そうだろう。」

久世俊介は、眼に笑いを浮かべた。

「それに、東京に帰ってからも警視庁から刑事さんが来ましたよ。ぼくのいないときでしたが、妻がそう言っていました。」

妻という言葉が、久世俊介の耳を打ったようだった。彼は急に奈津井に向き直った。

「そうだった。君に挨拶を忘れていた。いや、おめでとう。」

「いいえ。」

奈津井久夫は会釈を返したが、複雑な顔をしていた。

「これで、君も落ちついたわけだな。」

「はあ。」

奈津井は、なんとなく気の乗らない返事をした。

「奈津井のやつ、古風な結婚をしたんですよ。」

と、横から長沖が口を出した。

「見合い結婚だそうです。それまで、こいつ、誰かを想っていたらしいんですが、そのほうがだめなので、とうとう降参したらしいんです。」

奈良本は笑った。

「君、ほんとうかい？」

久世俊介も、はじめてその事情を知ったように微笑した。明かるい顔だった。

と、奈良本が言ったのは、久世俊介が作品をひととおり見終わったあとだった。

会場と同じ七階に小さな喫茶部がある。皆は、そこで久世俊介を取りまいて茶を飲んだ。

「今度は、どうもいろいろとありがとうございました。」

奈良本は皆を代表して、礼を言った。この展覧会の開催にも、久世の口ききでその新聞に紹介記事が大きく出た。こういう景気づけの記事を出してもらえるのも、久世がいるからだった。

金の面も久世に出してもらっている。Mデパートのような有利な条件の会場がとれたのも、久世の世話だった。

「久世さん、ほかから聞いたんですがね。今度、社をお辞めになるんですって？」

この若いグループは、それが大きな気がかりになっている。久世に去られたら、あらゆる面で有力な援助を失うことになるからだ。

「いや、どうしても社ではなしてくれないんでね、困ってるんだ。」

久世は、他人事のように微笑した。

「しかし、君たちにこの展覧会のお世話をしたのが、R新聞社の久世のおせっかいの最後になるかもしれない。」

「じゃ、どうなさるんです？」

奈良本をはじめ五人が、気色ばんだ顔になった。

「まだ話は、はっきりしないがね。ぼくも遊んでは食えない男だ。いずれ、どこかに食い扶持を見つけなければなるまい。」

「なんだか、よその新聞社におはいりになるという話ですが？」

長沖がきいた。

「そういう話は実際にあるが、まだ、はっきりした形をとっていない。ぼくもツブシのきかない男だからね。新聞屋というのは、不自由なものだ。ほかのことだと、いっこうに役にたたない。」

「しかし、久世さんだから、ほうぼうから誘いの手があると思うんです。」

「買いかぶってくれてありがとう。しかし、どこに行っても、今までどおり、君たちの世話はさせてもらうつもりだ。」

「ぜひ、お願いします。ぼくたち、久世さんを失ったらどうしようもない気持なんです。」

「今まで程度の金だったら、出せるよ。」

「いや、金だけじゃありません。皆が支柱を失うことになります。ぼくたちが、現在、なんとか世間の注目を集めてきたのも、久世さんが、いろんな機会にマスコミにのせてくださったからです。」

「徳永と松下は、きょう来たかね？」

久世は急にほかのことを言った。どちらも、写真評論家の名前だった。

「いや、まだお見えになりません。」

「ぼくが言っておいたから、明日にでも来るだろう。ほかの者にも、奈津井君の写真は大いに見るようにすすめておくよ。ウチの新聞の文化部長に話したら、さっそくその批評をのせるように言っていた。しかし、奈津井君の作品にぶつかって、今度は安心したよ。やはり、ぼくも責任を感じるからね……。」

奈良本が言った。

「われわれも、大いにほめてやったんです。だが、きょう会場に来た人の反響をみると、断然、奈津井の写真の前に足がとまってるんです。これはあたりまえですが、奈津井もよろこんでいました。実際、ぼくたちも、あれには完全に敗北を認めましたよ。今度の作品は、そういっては何ですが、今までの奈津井のものに見られた妙に甘ったれたようなところがなく、まるで別人の作品になりました。」

「うむ。あれは妙だ。」

菅野が言った。

「どうして、急にあんなになったのかな。あれは素材というものの強さだけではない。何か、奈津井の思いつめたような気力というものを感じる。やつに新しく出てきたものだ。」

喫茶部で久世俊介を囲んで、皆で話をしていたが、奈津井久夫は、ひとりで会場に引き返した。妙に会場が気にかかりだしたからである。閉店時間が迫って、デパートの客は急激に減りはじめている。店内には一種のあわただしさが漂っていた。

会場には、まだ客が残っていた。彼は自分の写真を改めて見るようにながめた。全判に伸ばした十点は、窓からさしこむ黄昏の陽を受けてにぶく光っている。

奈津井は関係者らしく、ずっとさがったところで立っていた。客が自分の写真を鑑賞してくれている。客の眼を自分の作品に集めていることはよろこびだった。

奈津井は興奮していた。やはり久世にほめられたことが、大きな激励になった。

2

〝五人展〟は好評だった。新聞にも批評が出たが、どれも好意的に取りあげてくれている。ことに、奈津井の作品は注目すべきだ、とほめていた。

「この作品が彼の代表作になるとは思わないが、将来の方向を決定づけている契機にはなっているのではなかろうか。日本の写真界ほど、リアリズムと抽象とが対立して平行しているものはない。これは、カメラの性能が科学的に進歩し、誰にでも写せるところから、技術の必要の幅がせばめられ、逆説的にいえば、プロがアマチュアナイズされて、かえって思想的な形成を失ったからだ。しかも、有能なプロが、現在のようにマスコミに使われてばかりいては救いはない。この混乱を救うのが、現在の良心的な〝五人展〟の若いグループではなかろうか。なかでも奈津井久夫の作品は、これまで彼に見られた浮きあがりが払拭(ふっしょく)されて、はじめて自己の方向を見つけたという感じだ。」

こういう意味のことを、久世俊介の所属しているR新聞が書いたのが、まず、代表的な意見だった。

認められると当人に勇気が出るものだ。それが自信となって力を与えられる。

奈津井久夫は、会場に、毎日のように顔を出した。自分の作品の前に立ちどまって見てくれる客の後ろに立って、そのささやきにも聞き耳を立てた。その声も、彼を満足させた。

知っている人間が見にきてくれて、みんな、おめでとうを言ってくれる。

今まで縁のなかった雑誌社からも注文がきた。それも会場に立っていて、編集者が笑いながら歩みよってくれるのである。まさに、この作品を契機として、幸運が奈津井久夫に微笑しながら歩いてきていた。

しかし、彼に物たりないものがあった。

亜矢子の姿がないのだ。自分が、連日この会場に来ているのも、彼女に来てもらって説明したいためなのだ。

電話を、毎日のように亜矢子にかけた。

「会期が終わるまでには、必ずまいりますわ。」

というのが亜矢子の返事だったが、奈津井はいらいらしながらそれを待った。

——千佳子もこなかった。

奈津井は、千佳子がこの作品を見にくることを、亜矢子とはべつの意味で待った。普通だったら、夫の作品だし、自分もいっしょに撮影の現場にいたのだから、すぐにでもくるはずなのだが、彼女はそれに気乗りがしないふうだった。

会期は七日間である。奈津井が、千佳子に言うと、

「あなたの知らないうちに、こっそりと、見に行きますわ。」

と答えるだけだった。

写真には興味のない女である。それは十三潟のときからわかっていた。いや、夫に興味がないから、その仕事に感情が起こらない、と言ったほうがいいのかもしれない。

が、奈津井は、千佳子がその答えどおりに、自分の眼につかないところで、この写真を見るときがあるような気がした。

そういう女なのだ。夫といっしょには、決して同じところに立とうとはしない。

千佳子はくるだろう。自分の気づかないうちに、すうっと写真の前を過（よぎ）っていくに違いない。奈津井は、人びとの群れのなかを魚のように黙って抜けていく、その細い姿を眼に浮かべた。

彼女は夫の作品を見ても、何の反応も返さないに違いない。どうだったときいても、わたしにはわかりませんわと言いそうだった。いや、その声さえ耳に聞こえる。

久世俊介も、あれから姿を見せなかった。

しかし、見えないところで、彼の好意が動いていた。新聞に批評が載っているのも、久世の世話なのである。

本当のことを言うと、奈津井久夫にはまだ久世俊介の底がわからなかった。

久世には、何かを包んでいる翳のようなものが感じられた。たしかに、それが彼の一つの魅力だった。久世のようになりたいと望む者も、実は、その翳に、彼の魅力を見つけているのかもしれない。

久世は、自分の心を見せるときと、見せないときとがある。絵や、彫刻や、音楽などの世界には、彼はその全部をさらけだしているのだった。しかし、彼の私生活となると覗けない奥ゆきを感じるのだ。

グラスを前にして、パイプをくゆらせながら椅子によりかかっている久世の姿全体が蒼い孤独で仕上げられて見えるのも、そのためかもしれなかった。

久世と同じ年齢の男が、たいてい久世よりずっと薄く感じられるのである。

久世の年齢になり、久世のような服装をして、同じパイプを持ち、グラスを握っても、誰も久世にはなりきれない。

久世のつくっている雰囲気は、彼だけのものだった。——

展覧会の六日目になった。

久世が美術評論家といっしょに、ふらりと会場に現われた。評論家は、痩(や)せて背が高い。よく、美術雑誌や、新聞の文化欄に名前を載せている人である。

ちょうど受付に奈津井と奈良本とが居あわせていた。

が、二人とも、その高名な評論家に遠慮して、久世のところに近づかなかった。

遠くから、久世と評論家が談笑し、いっしょにゆっくりと歩いているのを見まもっていた。

その久世が、評論家に奈津井の作品を見せているときだった。

「奈津井さん。」

受付に亜矢子の姿があらわれた。

「やっとまいりましたわ。」

閉店間際にかけつけたので、彼女は上気して眼がきらきら光っていた。ぬれたように黒い、美しい瞳(ひとみ)だ。

「いらっしゃい。お待ちしていたんですよ。」

奈津井は立って、さっそく、亜矢子を自分の作品のほうへ案内しようとした。

そのときだった。奈津井につづいて歩きだそうとした亜矢子は、一瞬たじろいで、足がもつれたように立ちどまった。

ふりかえった奈津井の眼に、亜矢子が誰かに会釈する顔がうつった。亜矢子の視線の先には、久世俊介がいた。

久世は亜矢子にちょっと目礼して、それから評論家といっしょに、奈津井の作品の前から次の作品のほうへ歩いて行った。

それはほんの一瞬の出来事であったが、奈津井は胸の深いところに、針を刺すような痛みをおぼえた。


亜矢子はさりげなく、奈津井の作品の前に立った。じっと瞳をこらしながら、一枚ずつ丁寧に見ている。そして奈津井が必要以上のことまで、饒舌（じょうぜつ）な説明を加えるのに、耳をかたむけながら、静かな微笑を浮かべていた。

亜矢子は熱心に奈津井の作品を眺め、奈津井は亜矢子が来てくれた喜びで興奮しているようにしか見えなかった。

「ご立派ですわ。」

亜矢子は見終わってからそう言った。

「でも、こわいわ、なんだか。」

「こわいですか？」

「ええ、こっちに迫ってくるような、薄気味のわるいものがありましてよ。」

「奥さん、先だって伺ったときお話ししたでしょ。こういうものが、ぼくのこれからの方向だって。」

「ええ、伺いましたわ。でも、お話のときと、こうして眼で見るのとは、ぜんぜん違いますわ。」

亜矢子は言った。

「でも、わたくしなんかの感想におかまいなく、おつづけなさいましよ。あなたの信念が第一ですわ。こわいほどご立派だということはわかりますわ。」

「ありがとうございます。」

奈津井はかるく頭を下げた。

「今度ほど、ぼくは皆にほめられたことはありません。これで自信がつきました。自分の進むべき道がわかったのです。」

そして奈津井は思いきって言った。

「奥さん、食事につきあってください。心から、ぼくの前途を祝福していただける人は、奥さん以外にないのです。」

久世俊介もその一人だと、奈津井は胸のうちで思ったが、なぜか久世の名を口にすることができなかった。

ちょうどそのとき、久世俊介が評論家といっしょに、会場の出口から消えて行く姿が見えた。

亜矢子も奈津井も、ちらと眼のすみでそれを見おくった。

「そうね。」

亜矢子は、思案するような上眼(うわめ)づかいになった。

「じゃあ、ちょっとだけね。これでもわたくし、一家の主婦ですから、いろいろと忙しいのよ。」

亜矢子は笑った。が、その声は妙に上(うわ)ずって響いた。久世が評論家と出て行ってしまったことに、亜矢子は嫉妬(しっと)に似た感情を味わっていた。このまま一人で帰るよりは、奈津井のさそいに応じるほうが、多少のうさばらしにはなる。

エレベーターで一階へおり、横の出口から百貨店を出た。奈津井久夫は、駐車していたタクシーの扉をあけて亜矢子を先に入れてから自分もはいった。

「どちらへ?」

運転手にきかれて、奈津井は迷った。銀座あたりの、ありふれたレストランの食事では、あまりに事務的な気がした。亜矢子と二人きりで食事をしたことは、まだ一度もない。せっかくのチャンスにふさわしい場所へ行きたかった。

「川越街道へ行ってください。」

　奈津井が運転手に答えると、

「まあ、川越？　困りますわ、そんな遠いところは。近くで、簡単にいただきましょうよ。」

と、亜矢子が眉をひそめた。

「川越の途中です。今日だけは、ぼくのわがままを聞いてください。せっかく、自分では成功したと思ってるんですから。その喜びを、事務的なレストランなんかの食事では、味わうことができないんです。」

「でも、そこに何がありますの？」

「田舎料理です。川越街道の途中に平林寺というお寺がありますが、その近くに料理屋があるんです。この間、雑誌社の人たちといっしょに行っておぼえたんですが、とてもうまい家なんです。」

「そうね。でも、できるだけ早く帰してくださいね。」

「むろんです。」

　街には黄昏がきていた。ネオンの光が、まだ暮れ残っている蒼い空に輝いていた。ちょうど、会社の退けぎわで、街は雑踏していた。

　池袋を過ぎると、白い道路がはてしなく流れ、車はスピードを上げた。街道はしだいに郊外の景色を見せてきた。人家の間に欅の林がふえてくる。
亜矢子は窓から外へ眼をやって、何か考えていた。

車は坂道の途中から左に折れた。急に田舎の景色に変わる。雑木林と畑だけが白い道をはさんでいた。畑越しに、また別の黒い林があり、農家らしい灯が橙色で洩れていた。店は、そのような風景のなかに、一軒ぽつんと建っていた。それでも、竹垣が家を囲っていた。門と家の間は竹林になっている。

二階家の店だったが、通されたのは奥の座敷だった。座敷の裏も竹が茂っている。庭が林につづいている感じだった。かすかな風が葉を鳴らして渡っていた。

水の音が聞こえてくる。

亜矢子は、一人で縁側に立って林を見ていた。

黒い竹林を背景にした亜矢子の白っぽい着物が、くっきりと浮きあがっていた。

女中が敷居際に膝をついた。

「お料理は何にいたしましょう?」

奈津井はビールを頼んだ。

彼は今、自分が非常な冒険をしているような気持になっていた。

食事だけを誘ったのだが、やはりレストランのようなわけにはいかなかった。二人きりの日本座敷の離れだというと、気持が圧迫される。

亜矢子は、すぐには奈津井の卓の前にもどってこなかった。

おそらく、亜矢子も、こういう場所に奈津井と二人だけでいることに、ある危険を感じているにちがいなかった。奈津井の若さを考えているらしい。彼女は暗い竹林を見ながら心の準備をしているように思われた。

3

奈津井久夫は、かなり酔っていた。いくらすすめても亜矢子が、かたちだけしかコップを取らなかったので、二本のビールは彼が一人で飲んだ。

「どうも、少し酔ったようです。」

「そう、だいぶお顔があかくなって……。」

亜矢子は笑いながら、腕時計を見た。

「ご馳走さまになりましたわ。ひさしぶりに珍しいものをいただいて、ほんとにおいしかったわ。」

亜矢子はすわり直して、かるく頭を下げた。

「奥さんと、こういう場所で、ゆっくり食事をするなんて、思いもよりませんでした。なんだか奇跡のような気がします。」

「まあ、奇跡だなんて……。では、そろそろ引きあげましょうか。姑がわたくしの帰りを待っておりますから。」

亜矢子は、とどめを刺すように、そう言ってハンドバッグを手もとに引きよせた。奈津井は仕方なくベルを押して女中をよんだ。

奈津井は、このまま帰るのがなんとなく物たりなかった。もっともっと亜矢子に話したいことがある。だが、二人で差し向かいにすわると、何一つ本当の話ができなかった。眼の前の亜矢子は、まぶしいほどに美しい。しかも、あたりはしんと静まりかえって、ときどき池で魚のはねる音がする。いつも騒がしい喫茶店やバーに行きつけている奈津井にとっては、この静寂が意外に彼の心をたじろがせた。

意味のない話題を、とりとめなく交換している間に、時間はたちまち過ぎてしまったのだ。

「おすみになりましたか?」

女中が遠慮がちにはいってきた。

「お会計を……。」

奈津井が言うと、女中はかるく会釈して、用意してきた小さな紙片を、そっと奈津井の前にさしだした。

「それから車を呼んでください。」

「あの、申しわけございませんが、二十分ほどお待ち願えませんでしょうか。ただ今、みんな出はらっておりますので……。」

奈津井が問いかけるように亜矢子を見た。

「では、ぼつぼつ歩いてまいりましょうよ。川越街道まで出れば、帰り車があるでしょう?」

「はあ、それはございますけど。」


月が出ていた。

今まで気づかなかったのは、遅い月の出らしい。竹藪の上を照らしているので、玄関から門までは真っ暗な道がつづいた。

「お足もとにお気をつけなさいませ。」

女中が玄関まで見おくって、そう言った。

門を出ると、道のかたわらに小川が流れていた。全体が深い蒼さの中に沈んでいたが、道の上と、林の梢に、月の光がくだけてゆれていた。

奈津井は、このままでは帰る気がしなかった。自分の胸にたまっている言葉を思いきって吐くには、今夜のほかにないように思われた。

「こんな平凡な田舎道でも、月が出ていると、とても美しいものね。」

亜矢子は奈津井を見ないで言った。さっきから、奈津井が危険な沈黙にとじこもっているのを、彼女は打ち破ろうとしたのだ。

亜矢子は、いつもその手で、自分の周囲に防壁を張りめぐらしていた。年上の女の、やさしい威厳で、奈津井との間に距離をつくっていた。

奈津井は、亜矢子の前に出ると、臆病になった。思うことが、どうしても言えない。そのために、千佳子との結婚に自分を追放したともいえる。

だが、今夜の彼はその防壁を思いきって突き破りたかった。亜矢子のかたい姿勢をくずしてしまいたかった。

「このまえ、奥さんにお話ししましたが、ぼくの結婚はやはり失敗でした。このままでは、お互いが不幸になるばかりです。」

六月の風が肩に寒かった。奈津井は自分がふるえているような気がした。

「しようのない方。」

亜矢子は、わざと揶揄（やゆ）するような言い方をした。それはこの場の、危険な空気を、いくぶんでもやわらげようとする技巧であった。

「それで、奥さまは、あなたを愛しておいでにならないの？」

「わかりません、気持がつかめないんです。しかし、それは無理もないと思います。なにしろ、ぼく自身が、妻に心がかたむけられないのだから、やはりぼくの責任なんです。」

「どうして？」

亜矢子は、おさえた声で言った。

「どうして、とおっしゃるんですか？」

奈津井が亜矢子の白い顔を見返した。

「奥さんにはわかっている。わかっていながら、そんなことをおききになるんですね？」

亜矢子は黙った。

奈津井は自分の言葉に自分で燃えあがった。そこまで言ってしまった以上、もうあとにはひけなかった。

「奥さん。」

奈津井は、自然に立ちどまった。

「ぼくは、誰と結婚してもだめなんです。いまの妻だけがそうだというのではありません。」

亜矢子も立ちどまって聞いている。

斜めに向かいあう格好になった。

「結婚そのものが早すぎたのです。」

奈津井はつづけた。

「それなら、しなかったほうがいいとおっしゃるでしょう。だが、それもわかっていたのです。結婚が早すぎたことは、ある気持を自分の心から、消したかったからです。」

「何をおっしゃるの？」

亜矢子の声が強かった。

「卑怯ですわ。あなたが結婚なすったんですよ。」

「それに違いありません。弁解してもはじまらないことは知っています。誰にもこんなことを言ったことはありません。」

「わたくしにだけとおっしゃるの？」

言葉は、やはり強かった。

奈津井は暗い梢のほうを見上げていた。

「奥さんだって、正直に自分の気持を言う人がほしいだろうと思います。」

「わたくしは、いつも、自分で考えていますわ。」

「いいえ、独りでできることではないと思います。奥さんは誰かに話している……。それは、ぼくなんかより、はるかに大人ではるかに思慮深く、そして、魅力ある人だと思うんです。」

亜矢子が肩を動かした。

「つまらない想像はやめてください。わたくし、帰りますわ。」

亜矢子が歩きだした。

奈津井は、月の光にほの白く浮かんでいる姿を追いながら言った。

「ぼくの言い方が悪かったら謝(あやま)ります。いや、おっしゃるように、これはなんの根拠もなしにそう言っているだけです。ただ、ふいと、ぼくにそんな想像が起こって、もう、どうしようもない心になったんです。はっきり言うと、奥さんにそういう人があるように思うと、たまらないんです。」

奈津井はつづけた。

「その人はご主人ではない。ぼくはご主人とあなたの間が、どんなふうになっているかよく知っています。あなたは、一度も、ぼくにおっしゃったことはないが、ぼくは前から感じているんです。」

亜矢子が冷たく笑った。

「奈津井さんも芸術家だけに、へんな想像力が発達していらっしゃるのね。」

「ぼくを軽蔑なさるかもしれませんが、ぼくは、いわれのない焦燥(しょうそう)を持っているのです。こんな気持になったのは初めてです……。ぼくは、結婚が失敗だったことも、先に、あなたに会っていたからだと思います。」

「何をおっしゃるの。」

亜矢子が叫んだ。

「つまらないことを、おっしゃらないで。」

「いいえ、ここまで言ったのだから、みんな言ってしまいます。奥さんには、もうぼくの気持が、おわかりになっていると思います。ぼくが奥さんにお近づきになってから、はじまったことです。」

「奈津井さん、今夜のあなたはどうかなさっているわ。」

「思いきって言う決心になったからでしょう。奥さんはぼくよりずっと大人だし、それに結婚なすってらっしゃる。今まで長いことぼくが言えなかったのは、その二つの条件があったからです……。しかし、もう、ぼくも結婚しました。自分が結婚したから、かえって、初めて言いやすくなったんです。」

「おっしゃらないでください。聞きたくありませんわ。」

「そのままで結構です。耳に届かなかったらそれでもいいです。今は、もう、全部を言わなければ、気がすまなくなりました。それが、どんなに重大かも、よく自分でわかっています。もう、二度と奥さんの前に、ぼくは出られないかもしれません。」

奈津井は息を吸いこんで言った。

「ぼくは、前から奥さんが好きでした。」

月が位置を移したせいか、亜矢子の両肩が白くなった。髪の上にも光がまつわっている。かげの部分では、顔のほの白い輪郭だけが浮いていた。

「ぼくは、ほかの人からすすめられたら、今度の結婚も断わったに違いありません。これまでそれで通してきたんです。しかし、仲人の方は、奥さんのお友だちだし、奥さん自身もすすめてくださった。それで踏みきる気になったんです。」

「友だちから話を聞いたとき、すてきなご縁談だと思ったからですわ。」

「わかります。それは、奥さんがぼくを遠ざけようとしたからです。ぼくの気持がわかっているから、奥さんはそれをすすめたのです。」

亜矢子は黙っていた。草履の音がいそがしく響いた。黒っぽい帯が、白い肩と裾を分けた。

「奥さん……。」

「聞きたくありませんわ。もう、おっしゃらないで。」

奈津井の顔に正面から風があたった。亜矢子の匂いが前からただよってきた。

「奥さんは、久世さんをご存じでしょう?」

突然な質問に、亜矢子の足がとまった。

「なぜ急にそんなことをおっしゃるの?」

静かな声だった。

「白状します。ぼくが、奥さんのそばに描いたイメージは、実は久世さんだったんです。」

奈津井は亜矢子の後ろに立っていた。

「ぼくは久世さんを尊敬しています。いろいろと噂はあるが、ぼくもあの年配になったら、ああいう人になりたいと思っているくらいです。」

「わたくし、久世さんは存じあげておりますわ。何かの会でお目にかかれば、ご挨拶ぐらいはいたします。でも……でも、どうしてそんな想像をなさるのでしょうね。失礼よ。」

亜矢子は、奈津井に背を向けたままで言った。激しい語調だった。

奈津井は、自分の生命をこの瞬間に賭けているような思いだった。言ってはならない言葉を吐いたから、もう取り返しがつかなかった。亜矢子はこれきり彼の前に戸を閉めるに違いない。

奈津井はすべての心をぶちまけたあと、このまま化石になりたかった。

「ぼくは、奥さんに、こんなことをみんな言ってしまって、顔も上げられないでいます。」

奈津井はうなだれた。

足音が起こった。

亜矢子が歩いて行く。あわただしい足どりで、逃げるように歩いて行く。薄明の中に溶けていく彼女の姿に、それ以上、奈津井の追跡を許さないものがあった。

奈津井はその場から動けなかった。重大な喪失感だけが、彼の全身に落ちかかっていた。もうこれで、完全に彼女を失ったのだ。彼は思わずその場にうずくまってしまった。

夕雲

1

奈津井久夫が、応接間で最初に会ったのは、編集部の次長だった。

L誌といえば、権威のある総合雑誌として知られていた。ここのグラビアは、これまで一流のカメラマンの仕事だった。若い写真家たちには檜舞台としてあこがれの対象となっている。

この社から奈津井に速達が来て、すぐに相談したいことがあるから来てくれというのだった。これまで縁のなかった雑誌だが、話といえば仕事以外に考えられない。

いつもの奈津井だったら、心をおどらせて来たはずである。

が、亜矢子を失って、彼の気持は沈んでいた。喪失感が彼の心を重いものにしていた。

この沈滞感が、このすばらしい話にも感動をうすめていた。仕事というものは、およそ気持の昂揚の中で快い進行を遂げるものだ。

しかし、今の奈津井には、たとえL誌から最初の機会を与えられても、それほどの興奮はなかった。

「展覧会であなたの作品を拝見して、ぜひ、私のほうで仕事をしていただきたいと思いましてね。」

次長は、三十五六の肥えた人だった。

「今まで有名な方にお願いしていたが、このへんで少し新人で新企画をやりたいんですよ。」

次長は親切に話した。

「それで、私のほうの狙いとしては、展覧会で拝見したああいう作品の味を出してもらいたいんです。」

現在の雑誌は、ある意味ではグラビア面の競争となっている。近ごろ、これほど写真が雑誌の重要な比重を占めてきたことも珍しいのだ。

「どうでしょう。ひとつ地方に行ってもらって、存分に仕事をしてくれませんか?」

「地方というと、どこでしょう?」

「私のほうの企画としては、石仏を考えているんです。」

「石仏ですって?」

「正確には磨崖仏といいますがね。」

「九州の臼杵ですか?」

奈津井は、かつて高名な先輩が、大分県臼杵を対象にした一連の作品を完成したのを知っている。石仏と聞いて、すぐそれが頭に浮かんだのだ。

「いや、あすこはあまり有名すぎます。私のほうは別のところを考えていますよ。」

次長はそこまで言って、編集長を呼んでくる、と中座した。

奈津井は、一人で待った。

将来、このL誌から仕事が来ることは予想しないでもなかった。が、このように早くその夢が実現しようとは考えていなかったのである。

夢といってもさしつかえない。この雑誌で仕事をして認められると、すでにカメラマンとして一つの位置を獲得したようなものだった。

先輩たちが、一度はこの場所で仕事をして地位を得ているのである。

奈津井は、この話が現実とは思えなかった。だが、これは歓喜のあまりではない。現在、虚脱に似た状態になっているのに、仕事の面だけは光を当てられようとしている。仕事が気持にかかわりなく、かってな動き方をしている感じだった。

——奈津井は亜矢子に出すつもりの手紙の文句を考えている。それも断片的に文章が頭に浮かぶのだった。

取り返しのつかないことをしたというのが、奈津井の後悔の全部だった。自分の軽率な行為が恥じられてならない。

亜矢子を思いつづけてきたのは、彼女を知って以来だった。それも、絶対に、口には出すまいと決めてきたのだ。一度、言葉に出したが最後、亜矢子がたちまち彼の前から逃げ去ることがわかっていた。

その禁を犯したのは、展覧会の作品の好評におぼれて興奮した結果といえる。いや、正確には、久世俊介と亜矢子の間に、ある種の密接な関係を考えたときから理性を失ったのだ。月夜の道もいけなかった。風の鳴っている薄明の中に亜矢子のにじみ出るような白い姿を見たとき、どうにもならない感情が彼をのんでしまったのだ。

そのあとに押しよせてきた、後悔と慚愧――それが彼を深い谷間に落とした。

亜矢子への手紙は果たして書けるかどうかわからなかった。ただ短い切れぎれの文章だけが浮かんでくる。

――ぼくから去らないでください。もう、二度と言わないから、今までどおりにぼくを迎えてください。

そんな断章だが、それは頭の中に浮かぶだけで、実際に書く勇気はなかった。封筒だけで亜矢子に軽蔑され、破かれてしまいそうな気がする。

奈津井は、狭い応接間の壁に掲げられている絵を長いこと見つめていたのだが、あとになって、その絵が何だかわからなかった。

　編集長が、先ほどの次長といっしょに現われた。髪は半分白い。

　L誌の編集長で窪田清人氏といえば、すでにジャーナリズムでは名士の一人だった。

「あなたに撮ってもらいたいところは、」

と、窪田氏は、すわると早口に奈津井に言った。

「大分県の山の中ですよ。ほら、地図を思いだしてみてください。九州の東のほうに、突き出た半島がありますね。九州のかたちを猿になぞらえると、右手に当たるところです。国東半島といいますがね。そこには、十二三世紀のころ、一つの文化圏が起こっていました。現在はすっかり廃れて、わずかに磨崖仏に、その名残りをとどめていますがね。」

　編集長は説明した。

「伝説はいろいろですが、おそらく、当時の九州文化圏の一つだと思われます。そこで、あなたの眼で、山の奥でひっそりとほろびた、古い文化の跡をとらえてきてほしいんです。どうです、やってくれますか？」

　編集長は、眼鏡の奥から、鋭い眼を奈津井に注いでいた。

「やりましょう。」

　奈津井は答えた。

　旅に出たかった。それだけが、この新しい仕事を引き受ける奈津井の意欲といってよかった。

権威ある雑誌からはじめて認められたという興奮は、まだ彼の意識の深いところに沈んだままだった。

「まあ、しっかりやってください。」

奈津井が引き受けたので、窪田編集長は激励した。

「ぼくは十年ばかり前に、そこに一度行ったことがありますがね。半島の中央が山岳地帯になっていて、問題の石仏はその辺に浮彫で彫られているので、誰もそれに注意する者はありません。観光ルートからははずれているので、石仏は山の中に侘びしく立っているだけです。」

編集長は、くわしいことを言った。

「小倉から大分方面に向かう鉄道は日豊線といいますがね。例の宇佐神宮のある宇佐駅から高田という町へ支線が分かれていて、そこから車ではいるのです。

その近くには富貴寺という旧い寺もあって、これは奥州の平泉の金色堂、宇治の鳳凰堂と並んで、平安朝の様式を残している古い阿弥陀堂です。この寺も山の中にぽつんとあるだけで滅多によそから訪ねてくる人もない。しかし、ぼくが十年前この地方を歩いたときは、感激でしたな。この廃滅した旧文化の跡を、ぜひ、グラビアでやってみたいのです。」

「実を言うとね、」

次長が、横から口を出した。

「編集長も、この間会場に行って、あなたの作品を見たのですよ。ひどく感心しましてね。あの味をなんとか新機軸に出してもらいたい。それには、いま編集長が言った題材が格好じゃないか、ということになったんです。」

と、次長のほうが声を昂ぶらせていた。

「あなたの才能が、ここで初めて世に問われるわけです。そういっちゃ何ですが、私のほうの雑誌は、とにかく世間で権威があるように評価されていますし、いわば檜舞台です。しっかりやってください。」

次長は控え目だが、奈津井にチャンスを与えたことを恩恵的に言っていた。

しかし、これは、次長の思いあがった自負ではなかった。L誌に初登場することは、奈津井の名前を飛躍的に押しあげることになるのだ。

奈津井はそれを理解しながら、まだ感情の密着がなかった。亜矢子を失った空虚感は、その幸運な話でもすぐに埋まりはしなかった。

雑誌社のほうで、締め切りの都合で、明日にでも現地に発ってほしいと言った。稿料も、これまで奈津井のしたどの仕事よりも最高だったし、取材費も充分だった。

奈津井は雑誌社を出た。

この話を友だちに吹聴すれば、必ず羨望されるにちがいなかった。十三潟の死体をモチーフにした狙いは、過っていなかったのだ。効果は予期以上だった。

——旅に出よう。何もかも忘れて、しばらく東京から離れた土地で仕事をしよう。

奈津井は街を走る車の中で思った。

不思議なことに、雑誌社で話を聞いたときには、すぐに起こらなかった直接の興奮が、今になって現実性を帯び、彼の全身をようやく浸した。

が、奈津井は、また、後悔におそわれた。

以前の亜矢子なら、奈津井がこの仕事のことを言えばどんなにか喜んでくれただろう。どんなに励ましてくれたかわからない。

そのことも言えない立場になっている今の自分が、情けなかった。

アパートに戻ると、部屋には鍵が掛かっていた。

時計を見ると三時半だった。この時刻だったら、千佳子は買い物かもしれない。

奈津井は合鍵でドアをあけた。

窓にカーテンが閉じられていて、部屋は暗い。

台所に玉ネギの匂いがする。それだけが千佳子が残した跡だった。

奈津井はカーテンをあけた。

彼は椅子に腰をおろした。

なんとも落ちつかない状態だった。

L誌から仕事を受けたことを妻に話す積極的な気持はなかった。仕事のことでも、千佳子は夫に反応をみせない女だった。十三潟の砂丘の上に立って傍観していた彼女の姿は、またそのままの妻でもあった。

彼は時刻表を調べた。今夜のうちに発たなければならない。その支度もあった。材料も整えなければならなかった。やはり仕事の忙しさが、彼の身体をつついている。夕方近いアパートは、廊下にたえず足音を聞かせていた。話し声が通る。千佳子の姿はいつまでたっても戻ってこなかった。

買い物にしては長すぎると思った。

彼は千佳子の洋服ダンスを開いた。

この季節の外出着になっているスーツがなかった。

はじめて妻のタンスをあけてみる気になった。ハンドバッグもない。

奈津井は隣りの部屋を叩いた。

「一時間ほど前に、お出かけでございましたわ。」

隣りの主婦は答えた。

「さあ、どこへお出かけとも伺わなかったんですけれども、旦那さまは、ご存じないんですか？」

奈津井は部屋に戻った。

ながいこと煙草を吸った。ふと、日ごろ、彼から離れて立っている千佳子が、どこかで、彼の知らない性格をいまの瞬間に見せているような気がした。

窓に夕雲が垂れていた。

2

ヨーロッパから東南アジアを通ってきたエールフランス機は、二時間の延着で、東京空港に着いた。

午後三時半というのが予定だったが、機体が見えたのが五時半だった。西陽（にしび）が雲の間に沈んで、空港に照明がついた。

国際線のロビーは、見送り人と出迎え人とで混雑していた。フィンガーでは、この機を待ちかまえていた出迎え人がタラップを降りてくる客に手を振っていた。外国人がほとんどだった。

相当な地位の人が乗っているのか、タラップの下まで、新聞社の写真班が迎えにきていた。

降りた客は出迎え人の群れに手を振って歩く。人種はいろいろだったが、やはり白人が多い。つぎは日本人だった。

実業家らしい太った人が、カメラのフラッシュを浴びていた。新聞記者が横あいから、歩きながら、しきりとメモをとっている。

M物産のシンガポール支社長竜崎重隆は客の後尾にまじって、機の入口から外に出た。人が群れているロビーの後ろに、夕雲が厚く垂れこめていた。

帰国に必要な手続きのため、降りたった客は三十分ばかり手間をとらせられた。

竜崎重隆は、外人と並んでもひけをとらぬくらい背が高い。面長な顔にふちなしの眼鏡がよく似合った。若いときは、どこかの俳優になぞらえられて評判だった容貌を、まだもっている。

豊かな髪は少なくなり、額が広くなっているが、それでも整った上品な顔にくずれはなかった。格好のいい高い鼻梁の下に、赤い唇があった。若いときから紅をぬっていると騒がれたものだが、実は、これが彼の生地のままだった。

この竜崎重隆が出迎え人に接したのは煩瑣な手続きがすんだあと、ロビーに現われてからである。最初にその腕を握ったのが、彼の妹夫婦だった。

妹婿は某造船会社の重役をやっている。

出迎え人はそのほかに五六人だった。

彼の帰国はM物産の社内報に出ていた。

「お帰り。」

妹婿は両手を出して、重隆の手を握った。

「お兄さま、お帰りなさい。」

妹がすぐ前に来て、あでやかに笑った。

「お母さまは元気か？」

重隆は、ちょっとまぶしげな眼つきをした。この表情も彼の特徴の一つである。

「ええ、お元気ですわ。お兄さまのお帰りを、とても待ってらっしゃるわ。」

「そうか。」

「すぐ、おうちへお帰りになります？」

「うむ。」

なんとなく曖昧な返事だった。

M物産の同僚がそのあとからつづいた。社用でなく、私用の休暇だったので、上司の顔はない。ここに来ているのは、彼が本社詰めのときからの親しい友だちばかりである。

「お嫂さまも来てらっしゃるわ。」

妹が兄の注意をうながした。が、多少、その言葉に複雑なわらいがこもっていた。複雑なというのは、冷淡と反発の表情がこめられていることだ。

重隆は、妹のすぐ後ろに立っている亜矢子を見た。眼が妻と合ったとき、妻のほうから、ていねいに頭を下げた。が、笑いのない顔だった。

「お帰りなさい。」

かなりの間隔があったが、亜矢子はそこから夫の近くに足を進めなかった。

重隆はじろりと亜矢子を見た。格別、返事するではなかった。眼もたちまち本社の同僚に戻した。

「日本っていやだな。」

彼は大きな声でつぶやいてみせた。

「降りたとたんに、空気がじめじめしているよ。」

気象の感想は、亜矢子の耳に聞かせた最初の挨拶だった。

「何を思い立って帰ってきたのだ？」

と、親しい友人が言った。

「日本が恋しくなってきたんじゃないのか？」

「とんでもない。」

と、重隆は癖になっている外国流の身振りを見せた。

「よんどころない用事ができてね。急な話だ。」

「あら。」

と、妹が横から言った。

「そんな御用、うちにできまして？」

「おまえの知らぬ話だ。」

と、兄は横顔のままで言った。うすくなった髪だが、きれいに櫛目がはいっている。妹は、兄が若いときから髪の手入れに長い時間をかけるのを知っていた。

「おや？」

と言ったのは、一行が国際線のロビーから広い階段を下に降りかけたときだった。叫んだのは、やはり本社の同僚である。

「おい、見ろよ。」

これは重隆の耳もとに秘密めいてささやいた。重大な問題の打ち合わせをするときの、もったいぶった顔だった。

「あのロビーのすみっこに立っている女を見たかい？」

重隆は黙って視線を動かした。

「ありゃ、君、前に本社にいた女の子じゃないか？」

重隆の眼にもそれとわかった。ロビーの人群れの中に若い女がたたずんでいた。

「君を迎えにきたのじゃないのか？」

「ばかな。」

視線を動かさないままだった。ゆっくりと歩いている。

「どうだかわからないよ。君のことだ、われわれの知らない間に、あの女——何とかいったな、そうそう。たしか、野々村千佳子といった。タイプを打っていた女だったね。」

友人が低声でしゃべるのを耳に入れながら、竜崎は急に立ちどまった。煙草を取りだすためだったが、眼はたたずんでいる女の姿に吸いついていた。

表情を変えたものが、別のところにもう一人いる。千佳子を認めて、亜矢子が唇を白くしていた。

竜崎重隆は思いだしたように歩きだした。そばの者が彼を押すようにして、自動車のほうへ歩かせた。

構内の前には、自家用車やハイヤーがいっぱい駐車していた。

妹婿が、車を呼びに行った。

亜矢子は、用事を思いだしたように、そこから離れた。ほかの者は、彼女がすぐ帰ってくるものと思っていた。

亜矢子はロビーの中に引き返した。彼女は、眼で若い女を捜したが、さきほどの場所にはその姿がなかった。その辺には、外人と日本人の紳士が、にぎやかな声で立ち話をしていた。

千佳子は、どうして羽田へきたのだろう？　その理由が知りたかった。

亜矢子は別なほうへ向かった。眼はたえず、たたずんでいた若い女の姿を求めている。大勢の客がクッションにすわったり、立ったりして話しあってはいたが、そのどこにも彼女はいなかった。

亜矢子は、国際線のロビーの階段をのぼった。たった今、重隆を迎えたロビーだったが、そこにも大勢の人がたむろしているだけで、目的の人は見いだせなかった。

両翼に灯をつけた旅客機が、ロビーのガラスを斜めにつっ切って着陸していた。

亜矢子はまた階段をおりた。あきらめたが、やはりあの姿を求めている眼だった。

駐車場では、先に重隆が車に乗っていた。ほかの者も別な車に乗ったり、外に立ったりしていた。

「どこにいらしたの?」

義妹が亜矢子にきいたが、軽い非難になっていた。

「すみません。忘れ物をしたものですから。」

車のドアはあいていた。重隆が窓際で煙草を吸っていたが、その影は落ちついていた。横があいている。亜矢子のすわる席だった。

「お嫂さま、早く。」

義妹が、彼女を急がせた。

夫婦だから当然だったが、亜矢子は気が重かった。

車が走りだしても、重隆はしばらくものを言わなかった。車は黄昏の空港の外側を半周していた。窓に広い草原のようなフィールドが流れる。

「お元気のようですね？」

亜矢子は前を向いたまま言った。

「まあね、このとおり達者で帰ってきた。」

重隆も煙草をくわえたまま答えた。

「今度は、どういうご用事なんですか？」

「なぜだね。」

夫は反問した。

「あまり急なお帰りだものですから。」

「ふと思いついたのだ。べつに意外でもないがね。」

重隆は、当然だという口吻だった。

しかし、この夫は、まだ一度も帰国の理由を言っていない。

亜矢子は黙った。これまでがその習慣だった。夫との過去の生活では理不尽なことがしばしば起こった。が、彼女はそれを夫に問いつめることはなかった。

追及すれば、夫は必ず不機嫌な顔になった。機嫌を悪くする理由を、夫はつねにもっていたのだ。こちらの気持までけがされそうになって、途中で自分の言葉を切るのが、いつもの亜矢子だった。

この習慣が、夫との生活で長い間つづいていた。

――亜矢子さんがいけないからですよ。

重隆が放蕩をしはじめたとき、親戚の中からそう言う者が出た。

――妻がなんにも言わないという法はない。亜矢子さんが重隆さんを甘やかしたのだ。

こういう非難を亜矢子は受けたが、そのときから、亜矢子の心は夫から離れていたのだ。あらそいは、まだ夫への気持が残っているときだった。

車が空港の構内から、通りの激しい京浜街道に出たとき、黙っていた夫が、唐突に言った。

「きみ、さっき、ちょっといなくなったね?」

窓のほうを見たままだった。

重隆はまだ煙草を吹かしている。大型の車はすわっている二人の間に、かなりの距離をあけていた。重隆は自分の身体の位置を、妻のほうへ寄せるでもなかった。

「あまり忘れ物はしないほうがいいな。」

重隆は、ぽそりと言った。

「人前でみっともないからな。」

夫は、いなくなった理由を、本当に忘れ物をとりに引き返したと思っているのだろうか？　それとも、わざとそんな言い方をしながら、じつは本当の理由を勘づいているのだろうか？

また会話がとぎれた。

重隆は長身を背のクッションにもたせている。その横顔に街の灯がちらちらする。鷹揚にかまえた姿だ。横顔も端正だが、これは当人が若いときから自信を持ったものだった。

日本は一年ぶりだった。

しかし、重隆の眼には、なつかしそうな表情はなかった。

冷たい眼差しで、仕方なさそうに眺めているだけである。

二人の背中に、たえず後ろのヘッドライトが光っていた。その光で車内は明かるい。

街は暮れていた。

「お母さまはお元気か？」

と、別な言葉が出た。

「ええ、お元気ですわ。」

亜矢子は気がついたように答えた。

「そうか。眼のほうはどうだね？」

「あのままです。でも、あれ以上お悪くはならないようですわ。わたくしがおそばへまいりますと、姿だけはぼんやりとおわかりになるらしいんです。」

「じゃ、ぼくもお母さまの前では、幻だけだな。」

重隆はそう言って、今度は全く異なった質問をした。

「家の重要書類は、やはり、あの金庫に納まったままだろうね？」

亜矢子は夫がどのような意味でそれをきいたのか正確にはわからなかった。しかし、漠然とした直感はきた。夫の生活のわからなさには、前から慣れていた。しかし、夫が、家の重要書類のありかを確かめたことが、その不意の帰国の理由と、どこかで結ばれているように思われた。

亜矢子は、今も夫の横に自分の知らない女を感じていた。

重隆が、シンガポールに赴任して、もう二年たっている。一年前に一度帰国したきりだったが、このときも、重隆に向こうの女がついているという噂を聞いた。

亜矢子は、その噂を聞かされたとき、不思議には思わなかった。

重隆は仕事の上では、できる男だった。将来の地位もある程度約束されていた。重隆自身がそのつもりになっている。

車の中で、重隆は煙草ばかり吹かしていた。

「君。」

不意に、重隆が運転手に呼びかけた。

「この車を、Nホテルに向けてくれ。」

平気な声だった。

亜矢子は、さすがにはっとした。

重隆はべつに妻にそれを説明するでもなかった。亜矢子の意思を最初から無視するものが、その運転手に命じた言葉に出ていた。

車は、五反田(ごたんだ)から家のほうには向かわずに、都心の方向へ逸(そ)れた。

あとから二台の車がつづいていたが、先頭の車の急激な方向転換に、不審を起こしているにちがいなかった。

「ほかの方の手前もありますわ。」

亜矢子は、ようやく言った。

「今夜は、おうちにお帰りになったらいかがですか?」

「その必要はない。」

夫は答えた。

「どなたかにお会いになるんですか?」

「きみに関係のないことだ。」

重隆は煙を吐いて押し返した。

「ほかの者には、ぼくから説明する。ホテルの前で帰ってもらうのだ。」

彼はあくびをした。

「疲れた。ゆっくりと今夜はやすみたい。」

亜矢子はかえって安堵を覚えた。ただ、盲目の姑の気持だけを考えていた。

車がNホテルの玄関前に着いたとき、後ろの車がとまって、妹夫婦はじめ、ほかの出迎え人が、何ごとかと、こちらに近づいてきた。

「疲れているんです。」

と、重隆は落ちついて皆に説明した。

「今夜は、ここで、ゆっくりしたいんですよ。失礼ですが、わがままを許してください。」

「どうして、おうちにお帰りにならないの？」

妹がきいた。

「お母さまもお待ちかねだわ。」

「きみからよろしく言ってくれ。とにかく、こんな疲れた身体では、母にも会えない。よく言っておいてくれ。」

ポーターがホテルの内から出てきて、重隆の荷物を受け取ってはいった。

「では、失礼します。」

出迎えた人間があっけにとられたくらいだった。

「仕方がないわ。じゃ、お気をつけて。」

と言ったのも、妹のほうだった。立っている亜矢子のほうに眼を向けたが、どこか意地悪げな表情が出ていた。

「お嫂さま、帰りましょう。」

「ええ。」

亜矢子は車に歩いた。その姿に人びとの奇異な眼が、露骨に集まっていた。

一年ぶりに帰国したというのに、最初の夜、夫はホテルに泊まり、妻を追い返している。

「君。」

重隆が急に呼んだのはM物産の同僚の一人だった。

「ちょっと話したい。君だけ三十分ばかり残ってくれないか。」

その男の耳もとに口をつけてささやいた。

出迎え人の車が去るのを見送って、重隆は背中を返した。

フロントで記帳して、友だちといっしょにエレベーターに乗った。

「おどろいた。」

と、その友だちは低声で言った。

「奥さんがかわいそうじゃないか。」

「いや、あれはあれでいいんだ。」

重隆は皓い歯を出した。

五階の奥の部屋に、二人ははいった。

控えの間のある贅沢なルームだった。

荷物を運んできたボーイに、ポケットから出した金を慣れた手つきで与えた。

「ハイボールを二つ。」

「ほかではないがね。」

と、重隆が切りだしたのは、ソファに腰をおろして、パイプを取りだしてからである。

「君、さっき空港のロビーで女を見かけたね？　ほら、前に、本社でタイプを打っていた女さ。」

「ああ、野々村千佳子とかいったな。あの女かい？」

友人は何の話かと思っていたので、意外な顔をした。

「それだ。あの女、いま、どうしているか、知ってるかい？」

「何？」

友人は眼をむいた。

「君、あの女と何かあったのか？」

重隆は、パイプの煙をくゆらした。

「おどろいた。」

と言ったのは、友人のほうだった。

「知らなかった……。意外だ。」

重隆は、友人の言葉に、そうだとも違うとも答えないで、おりからボーイが運んできたグラスをパイプと持ちかえた。

「道理で、君をこっそり空港に迎えにきていたんだな。」

友人は、まだ大きな眼で、まじまじと重隆の顔を見つめていた。

「まあ、飲みたまえ。」

重隆は、客にグラスをすすめた。

「飲みながら、いろいろとききたい。」


「カメラマンの女房に？」

重隆はおどろいた顔をした。

「そりゃ知らなかった。いつだね？」

「ぼくも、くわしくは知ってない。」

と、友人は言った。

「誰かが、そんなことを言っていた。ぼくも、さっきのロビーで見たのが最初だ。そういう噂だけは聞いたのだが。」

と言いかけて、重隆を見た。

「君、ほんとに知らなかったのか?」

「知らない。」

「あれは、君を迎えにきていたんじゃないのか?」

「さあ。」

重隆は、ハイボールの残りを飲んだ。氷が彼の歯にあたって鳴った。

「そんなはずはないだろう。」

と、重隆は腰を浮かしてベルを押した。

「で、カメラマンの名前はわかってるのか?」

「いや、よく知らない。」

「どうせ、若い男だ。どこかの新聞社か、雑誌社の写真部にでもいるんだろうな?」

友人は、重隆の顔をまだあきれたように見ていた。

「君との交渉は、どの程度だったんだ?」

「たいしたことはない。」

重隆は微笑した。

「いずれくわしく話すがね。今は言いたくないのだ。」

「しかし、おどろいた話だね。そういえば、あの子、なかなかきれいだったじゃないか。みんなの噂になりかけたころ、急に辞(よ)したようだね?」

「君とのことが彼女の辞(や)める理由になってるのか？」

「そうだったかな。」

「知らない。」

と、首を振った。

「誰も知らなかったのか？」

「そうやすやすと気づかれてたまるか。」

重隆は眼を細めたが、少し顔の表情が変わった。

「あの子のことは、女房が知っていたようだ。」

「えっ、奥さんが？」

「うむ。」

と、これには深い返事を与えずに、彼はグラスを持ったまま考えこんでいた。

「君。」

と、急に顔を上げた。

「その子、いや、千佳子という名だ。千佳子のその結婚は、相手の男とは恋愛だったのかな？」

「さあ、そんなことはわかんないよ。やっぱり気になるのか？」

と、今度は友人が笑った。

「それとも、普通の見合い結婚だったかな。」

「ひどく気にするね。君が捨てた女だ。どっちだってかまわないだろう。」

「もし、見合い結婚だとすると、誰が仲人をしたか、だ。」

「妙に気をまわすじゃないか。」

「君、ひとつ調べてくれないか。」

「日本に帰る早々、よけいな疝気筋を起こしたようだね。」

「なんでもいい、それが知りたい。」

「なるほど。」

と、友人はうなずいた。

「君は、奥さんがその仲人をしてるのではないかと疑ぐってるんだな？」

「そのとおりだ。」

「それだったら、よしたほうがいいぜ。聞かないことにするのだ。」

「逆だね。」

と、重隆は言った。

「ぼくは、よけいに知りたい。」

「困った男だ。」

「承知だ。悪いが、やってくれ。先方の居どころぐらいはわけなくわかるだろう。会社には、あの子の戸籍抄本が残ってるはずだ。ファイルに綴じられてね。すると、それをたぐって、原籍、現住所がわかる。面倒だが、やってくれんか。」

「仕方がない。君の頼みだ。」

「それでこそ友人だ。」

「しかし、なぜ、急に、君が興味を起こす？　おかしいじゃないか。」

「気まぐれはおれの癖でね。それに、思いたったら、前後の見さかいがつかなくなる。いつもその伝で女をしくじっている。」

「そういえば、向こうにも、君の好きな女がいるそうだな？」

「否定はしない。」

と、平気だった。

「向こうは向こうさ。たった今言ったばかりだ。気まぐれだから、どこへおれの気持が向くかわからない。」

「立ち入った話だが、」

と、友人は少し真面目な顔になった。

「奥さんとの間は、やはり、うまくいっていないようだな？」

重隆は、グラスをパイプにかえた。何か言おうとしたとき、ボーイがはいってきた。

「今の君の質問だが、」

と、ハイボールの追加を命じたボーイが去ってから重隆は言った。

「女房は、ぼくと別れたがっている。それは、充分にわかっている。しかし、ぼくはそれを承知しない。むろんぼくに妻への気持があるからじゃない。あいつがぼくのもとを去りたくなくなったとき、こちらから離縁してやるのだ。それまでは、じっと手もとに置いておく。」

「ひどいやつだな。」

「もう、何年も夫婦の関係はない。いや、ぼくが外国に行ってる間だけではない。あの女、そのうち、誰か好きな男ができそうな気がする。それを待ってるのだ。」

「何?」

と、友人のほうが顔色を変えた。

「もう、これ以上しゃべらないことにしよう。」

と、彼は一人で笑った。

「疲れているせいか、少し酔いがまわってきたようだ。今の話、この場かぎりの秘密にしてくれ。」

3

奈津井久夫は、大分県の国東(くにさき)半島の豊後高田(ぶんごたかだ)という小さな駅で降りた。東京からは長い汽車だった。が、その時間を感じさせないものが彼にあった。亜矢子と千佳子への思念だった。

亜矢子へ向かう思慕と、千佳子に対する苦しみが、たえず頭の中にくり返された。亜矢子を思えば千佳子がうかび、千佳子を考えると亜矢子が代わった。

それを忘れようとする旅だったが、かえって、思いがそのことに集まった。

汽車はとまるたびに違った駅の風景を見せた。どこでも人は多かった。旅の人を窓から見ていると、よけいに亜矢子と千佳子のことが浮かんでくる。

スーツケースに詰めこんできた本を読んだが、どれにも融(と)けこめなかった。眼から活字が離れた。

亜矢子のことは思うまいと思った。もはや、手の届かない女(ひと)のように観念し、このまま、自分の人生に一つの翳(かげ)を落とした女(ひと)だと決めようと思った。

この考えなら、ずっと落ちつけそうだった。自分の若い人生の挿話として亜矢子を位置づけようと努力した。

しかし、それはできないことだとわかった。

亜矢子との距離を感じて、よけいに彼女への思いが強くなったといえる。理性では処理できることではなかった。

亜矢子のことを考えるのは、千佳子との生活の不満からであろうか。まだ、妻の千佳子という女がどうしてもわからない。あまりにも、彼女の気持がかわきすぎていた。

夫が妻を愛しきれない場合はある。そして、妻がその気持を受け取って、やはり、夫への反発となる場合はある。

しかし、千佳子のそれは、そのような単純さではなかった。もっと先天的な乾燥感だ。千佳子が夫へ向ける感情のない表情。結婚したときからつづいている、どこか投げやりなそぶり――それは、ときとして千佳子が、彼女自身に向けているような希望のなさのようだった。

奈津井は、九州は西のほうしか知っていない。豊後高田という駅に降りてみると、その見知らぬ土地が、亜矢子と千佳子の幻影を、しばらく遠ざけてくれそうに思えた。

駅前で目的地をきくと、そこまではバスが出ているということだった。

一時間待って出たバスの乗客は、土地の人がほとんどだった。

奈津井は、これまでもたびたび仕事で地方に出かけたことがあるが、今度ほど重苦しい旅はなかった。

仕事だと考え、何もかも忘れて打ちこむつもりでいたが、以前に経験したような、純粋な気持にはなれなかった。

ふと見ると、真向かいの側に、若い男女が腰かけていた。お互いがたのしそうに話している。網棚に二つのスーツケースがのっているところや、服装からみて、旅の人にちがいない。

目的地までは長かった。バスはたえず山の中を走る。村落の停留所に着くたびに土地の客が入れかわった。

二人の男女が寂しい村で降りた。走りだした窓は、その人たちの背中にあたった陽ざしを眼に残させた。男は二つのスーツケースをさげている。女は男の腕に寄りそっていた。若い夫婦らしかった。

あとは単調だった。山も道も、日本のどこにもあるような平凡さだ。高いところに家がある。どのようにして町に買い物に通うのか、見当がつかぬくらいの山の上だった。それが砂粒のように小さく壁を光らせている。耕地が狭いのか、山の斜面は段々畑がせりあがっていた。

やはり職業意識だった。奈津井の眼が、いつのまにかカメラのそれになっていた。

「次の停留所です。」

頼んでいたバスガールは、降りる場所を奈津井のところに知らせてきた。

降りたのは奈津井ひとりだった。肩から重たげにカメラバッグを下げている彼の姿を、走り去るバスの窓から乗客が振りむいていた。

一本道だった。両側に山が迫っている。バスが道の彼方に白いほこりを上げていた。

奈津井は、そこに取り残されたようにたたずんだ。見知らない土地にほうりだされたときの、せつない孤独感だった。

いままで、汽車、バスと乗りつづけてきた身体が、ここで急にはなされた。乗り物の中では、言葉も交わさず知らない人びとだったが、それでも、彼は群衆の中にいた。

それが断ち切れて、ここでたった独りになったのだ。

自分だけが突き放されている気持だった。

向こうの農家に、老人が出ていた。

子供が歩いている。

亜矢子に突き放され、千佳子にも距離をおかれている自分自身の立場が、いま、見知らぬ田舎道に立っている自分を表わしていた。

奈津井は老人のところに歩き、道をきいた。

老人は歯のない口で教えてくれた。眼ヤニがたまり、唇によだれが洩れている。しかし、もう、ふたたびこの老人には一生あうことはないと思うと、彼は老人から去ったあとでも、人生の行きずりのはかなさというものを感じた。このような感傷に落ちたことも、今度がはじめてだった。

道は細い坂になっていた。

小さな部落に出た。

そこできくと、石仏はすぐ裏にあるという。背後はなだらかな丘陵になっている。陽がかなり西に傾いて、斜面の岩が深い影をつくっていた。

磨崖仏（まがいぶつ）があった。

実に無造作にそこで出あった。

ここには何一つ、この石仏を見せるための設備はなかった。農家の裏の崖に、一群の石仏像がうちすてられたように並んでいた。

富貴寺（ふうきじ）は山の中にあった。

小さな村落を過ぎて、畑道が山林の中にはいって行く。寺はその突きあたりにあった。まわりが林に囲まれている。堂は四注（しちゅう）造りだった。うすれた西陽が屋根の上に残っている。L誌の編集長から聞いたように、平泉（ひらいずみ）の、金色堂（こんじきどう）の建物の形式とよく似ていた。ただ、ここには一人の観光客もなく、田舎寺のわびしさで黒ずんでいた。

奈津井は、扉が閉まっているので、管理人の家を捜したが、近くには何の建物もなかった。下にある部落のどこかに管理者がいることに気づき、彼はまた道を戻りかけた。

このとき、下のほうから、六十ばかりの老人と、一組の男女とが連れだって上ってきているのが眼についた。老人は手に木札のついた鍵をさげていた。

客は、奈津井がバスの中で見たあの若い夫婦だった。向こうでも奈津井をおぼえていて、のぼりながら遠くから会釈(えしゃく)した。

妻は男の腕に手を預けて寄りそっている。二十二三の健康的な顔だった。

若い二人は、あれからどこをまわったのか、今はこの富貴寺を見学に来たらしい。

「やあ、ついでだから、ちょうどよろしいな。」

管理人のおやじは野良着を着ていた。

「ここまで、わざわざ見にこられる方は、一ヵ月に五六人ぐらいですよ。それもたいてい近くの人が多いが、東京からみえる方は、滅多にありません。」

管理人は堂の縁に上がって、扉に鍵をさしていた。

若い夫婦は、奈津井から離れたところに並んで立っている。

「ぼくは、こういう者ですが。」

と、奈津井は、自分の名刺を管理人に渡した。

「この中を、写真に撮(と)らせてもらいたいんですが。」

老人は受け取って、遠い眼つきで名刺を見ていたが、

「今日はまもなく暮れますから、写真には写らないでしょう。電気の設備もないんです

よ。」

と言った。

「いや、明日の朝、ここに来るつもりです。今日は、ざっと拝観させていただくだけで結構です。」

「ほう。じゃ、ここにお泊まりなんですか？」

「そうしたいと思います。どこか宿屋がありますか？」

「さあ、宿屋というのはありませんがな。」

と、管理人は言った。

「ときどき、文部省の役人か学者が泊まられるところはあります。宿屋というほどではないが、そういう人のために、設備らしいものはできています。雑貨屋さんの二階ですがね。」

奈津井は、そこに泊まりたいと申し出た。

「じゃ、あとで、私が案内してあげましょう。」

扉が開くと、うす陽の光線が堂内に射しこんだ。管理人は、もう一つ、光線を入れるために、横手の扉もあけた。

「さあ、おはいりなさい。」

管理人は、外に待っている若い夫婦を呼び入れた。二人は何か低声で話し、妻のほうが、くすくすと忍び笑いをしていた。

堂内は、内陣と外陣とに分かれている。内陣の正面には須弥壇(しゅみだん)があって、金箔(きんぱく)のはげた、真っ黒い阿弥陀如来像(あみだにょらいぞう)が、肥満(ひまん)した体軀(たいく)をすわらせていた。柱にも彫刻がほどこされ、四囲の壁にも天女が飛翔(ひしょう)していた。内陣の後ろ壁には極楽図(ごくらくのず)が描かれている。この装飾は、奈津井がいつか見た金色堂と同じ形式だった。ただ、違うのは、ここではすべてが荒廃し、剝落(はくらく)が激しいことである。

管理人の老人は、それでも慣れた口調で説明をはじめた。若い夫婦は、やはり寄りそうようにして管理人のそばに立ち、おとなしく聞いていた。二人の耳は一人のように同時に聞き入っていた。

説明は、建物から仏像、彫刻、歴史、伝説といったものに移っていった。そのたびに、若い二人は説明者の動きに合わせて足を動かした。

奈津井は、無残にはげた壁の飛天像や、須弥壇の漆(うるし)や背後の極楽図に見入っていた。それは、ほとんど形が消えたものが多かった。眼を近づけても、うすく朱色の輪郭が見える程度で、ほとんど何もわからないといったほうがよかった。

明治のころまで、この寺が村の子供の遊び場だったというのだ。国宝に指定されて修理したが、近年、補助金のたりないこともあって、また、荒れがひどくなっているという。これは管理人の話だった。

しかし、奈津井は、たとえば宇治の鳳凰堂や、平泉の金色堂を見るよりも、この荒廃した藤原時代の遺構が気持の中に密着した。

ここには壮大な剝落があった。訪れる人もなく、まるで野兎でも出てきそうな草むらの間に、千何百年もひっそりと朽ちていたのだ。この荒廃には、少しの妥協も、少しの甘さもなかった。

宇治の鳳凰堂のそれは、都が近かっただけに、その後の時代に手がはいっている。だが、九州の東に突き出た半島の山中では、誰もかえりみる者はなかったのだ。

この廃亡は、奈津井が先ほど見てきた磨崖仏にも同じことが言えた。奈良の奥山にある石仏は、観光客の眼に触れて、たえず姿態をさらしている。しかし、この山奥の崖に彫られている彫刻は、誰からもかえりみられずに、独りで長い風雨にさらされつづけていた。

そこに人眼から捨てられた絶対の孤独があった。孤独に徹した厳しさといったものが、石仏の顔の欠けたところや、苔や、部分の崩壊にあらわれていた。

奈津井は、ここでも廃亡の美を知った——。それは、かつて十三潟で、人間が荒廃した物体となっているのを見たときの衝撃と似ていた。

堂内は、いつか暗くなっていた。

奈津井のそばに、足音を忍ばせて管理人が近づいてきた。

「今日は、これで御堂を閉めますが……。」

奈津井は雑貨屋の二階の宿でいつまでも起きていた。

外は真っ暗で、障子をあけると、すぐ前の梢が飛びこみそうだった。山の夜気が部屋いっぱいに満ちている。

奈津井は便箋を出した。

長いこと考えたあとだった。

そんな決心になったのは、今日見てきた石仏と古い寺の遺構のせいかもしれない。そのあまりの壮絶な剝落が心をきびしく打ったと言えそうだった。

妻へ出す文章を考え考え書いていった。

わびしい電灯の下だった。

「いま、九州の東端の山中で、このペンを執っている。古い寺と、廃れた石仏を見て帰ったばかりだ。明日から、L社の依頼で、この二つに取り組む。二三日はかかるだろう。

しかし、今のぼくは、まだ仕事に打ちこむ心になっていない。

君には、ぼくのこの気持がわかってくれるはずだ。

君と結婚して以来、ぼくたちの間は、普通の夫婦とは違っていたと思っている。これは、ぼくの責任か、君のせいか、実のところよくわかっていない。あるいは両方かもしれない。

ぼくがこう書くまでもなく、君もそのことをよく知っている。しかし、たとえぼくが努力しても、君の様子には最初から、それを受けいれる気持はなかったように思える。つまり、君にも、ぼくたちの間にある妙な雰囲気を解消しようと努力する意思はなかったのだ。

ぼくたちは、仲人（なこうど）という、いわば第三者に引き合わされて結婚した。はじめから、お互いが何も知ってはいなかったのだ。しかし、ぼくも君と交際して、君という人間をよく知ろうという気持ちはなかったし、君もまた、ぼくに対して交際を求めるということはなかった。いわば二人は何も知らないでいっしょになったようなものだった。

君のことは知らない。

ぼくについて言えば、当時、ぼくは、ある人からしきりと結婚をすすめられていた。ぼくはその気になった。いわば、ぼくの頭の中には結婚というものだけがあって、相手の女性はなかったのだ。

このことについて、君に対して多少の説明をしなければならない。

率直に言う。ぼくは君を知る前に、ある女性に惹（ひ）かれていた。いまごろ、こういうことを言いだすのはひどいと思うかもしれないが、当時は、君にこれを告白することなしに、円満な家庭がいとなまれると信じていたのだ。決して君をあざむくつもりはなかった。ぼくのことは過去になると信じていたのだ。このことは神かけて誓える。

ただ、ぼくの誤算は、結婚によってその女がぼくの心から出ていくと思っていたことだ。ぼくはその女とは結婚できない運命にあったから、この絶対の条件が君との結婚に踏みきらせたのだ。

最初、君と出あった時、この女ならいいと思った。ただ、夫婦というものは、ぼくの考えでは、それほどの愛情を必要としないように思っていた。一つの家庭をつくり、子供をこしらえ、老いてゆく。このことにそれほど多くの愛情が必要であろうか。それは、半分は事務的な処理でもすむことだと思っていた。

しかし、それは間違いだということがわかった。やはり愛情を感じない夫婦生活はありえないと思った。まして、君がぼくに対して、それほど積極的な気持をもっていないとわかった今、二人の結婚は当初から誤りだったと知らされた。

君にも事情があると思う。しかし、そのことはいっさい聞かないことにする。ただ、このさい、お互いがしばらく別れて住んだほうがいいように思う。ぼくたちは、あまりに早急に結婚しすぎた。理解もなく、考えもなく――。

このさい、別々になって、そして、別々なところで生活して、よく考えることだ。

ぼくのこの考えは、あまりに身勝手かもしれない。また、君に相談もせずにこういう手紙を出すのは、わがままかもしれない。しかし、旅に出て、はじめてそのことを痛切に知ったのだ。おそらく、君もこれに賛成してくれると思って、この手紙を書いた。

ぼくはこれから、仕事だけに打ちこんでゆく。そのことが今の自分には何よりの救いであり、生きる道だと思う。

この仕事がすんでも、ぼくはしばらく九州の旅をつづける。東京に帰っても君にすぐ会いたくないのだ。この手紙を読んだら、君自身が、自由な行動をしてくれるように頼む。

ぼくがアパートに帰っても、君のものはいっさい、ぼくの眼にふれないようにしてほしい。

君がどこに居ようと、ぼくは訪ねはしない。この処置は、お互いに落ちついて考えることのできる最善の方法だと思う……。」

4

亜矢子は姑（しゅうとめ）のところにいた。

格別、用事もないのだが、姑は女中に言（こと）づけて彼女を自分のほうに呼び寄せた。滅多にそんなことをする人ではなかった。亜矢子には姑の心がよくわかる。

それだけに、そのそばにいるのがつらかった。

夫の重隆を羽田空港に迎えに行った日、姑はその帰りを待っていたが、重隆がホテルに泊まっていると聞かされて、肩を落としていた。

利口な人だから、しつこい質問はしなかったし、愚痴もこぼさなかった。

「そうですか。やっぱりわがまま者ですね。」

昨夜は、そう言っただけだった。

「亜矢さん、重隆から何か連絡がありましたか?」

呼ばれて行ってみたとき、すぐに、この質問だった。

夫からは、今日も、何の電話もなかった。

亜矢子も、こちらからホテルに電話しなかった。夫の返事を聞くのが少しこわかった。夫から、すぐ帰る、と聞くのも、また、そのままホテルに泊まりつづけると聞くのもいやだった。ほんとうは黙って玄関に姿を現わしてくれるのが一番いいのだ。夫の行動を前から知らされるのはやりきれなかった。

夫が日本に帰っているということが、まだ現実でないような気さえした。まだシンガポールにいるような気がしてならない。それは、そう考えたほうが、はるかに彼女を落ちつかせたし、今の不安をそのことでまぎらわせた。

家はやはりひっそりとしていた。外国にいた当主が帰った家庭とも思われなかった。

重隆から連絡がないと言うと、姑は、

「そうですか。」

と、しぼんだ瞼を伏せた。こちらから電話をかけて息子の意向をきくように、とも言わない。

だが、その顔に寂しさが出ているのは争えなかった。眼が見えない人だけに、顔の色は透きとおるように白い。いつも横顔に憂いを見せている年よりだったが、息子の帰りが延びたと聞いたときから、そこに別なかげが加わっていた。

女中が来た。

「あの、お電話でございます。」

「わたくしに?」

亜矢子は振り返った。

「いいえ、旦那さまはお帰りになっていらっしゃいますか、ときいていらっしゃいますが。」

「どなた?」

電話は、これで今朝から六度目だった。

そのほとんどが夫の勤務関係の人である。重隆が帰ってきたと聞いて、本人と話したいという希望ばかりだった。

そのつど、ホテルの名前を教えたのだが、女中にかってに返事をさせずに、亜矢子がいちおう聞くことにしていた。

「添田さまとおっしゃっています。」

女中は答えた。

「添田さん？」

亜矢子には知らない名前だった。やはりM物産の人かと思っていると、

「あの、女の方でいらっしゃいます。」

と、女中がつけ加えた。

女から重隆のことをきいてきた電話は初めてだった。

「どこの添田さまかしら？」

「それが……、ただ、添田と申しあげたらおわかりになるとおっしゃっています。」

「ご返事は、まだしてないでしょう？」

「はい。」

「わたくしが出ます。」

亜矢子の頭をかすめて過ぎる影があった。

「お姑（かあ）さま、あとでまた伺いますわ。」

「そう。」

姑（はは）は、すわったままうなずいた。

亜矢子は庭を歩いて、自分の住居に戻った。送受器ははずして卓の上に置いたままになっている。

亜矢子は取りあげたが、送受器の重さが掌にひびいた。

「もしもし、わたくし、竜崎の家内でございますが。」

返事はなかった。切れたのかと思ったが、そうではない。先方は黙っているのだ。

「もしもし。」

亜矢子はつづけた。

まだ先方はものを言わなかった。かすかに車のクラクションの音が聞こえてくる。相手は公衆電話を使っているらしかった。

「もしもし。」

亜矢子は、少し強い声で言った。

その声に誘い出されたように、はじめて向こうの声が伝わってきた。

「添田という者でございますが。」

若い女の声だった。それに、ひどく調子がかたい。

「添田さま？　あの失礼ですが、どちらの添田さまでいらっしゃいますか？」

「……麻布の添田でございます。」

やはり心当たりはない。しかし、麻布の添田と答えたので、それ以上につっこみようはなかった。

「はあ、どういうご用件でございましょうか？」

少し声がとぎれたが、それはやはりかたい調子で送受器に戻ってきた。

「ご主人さまを、お電話口にお願いしたいんですが。」

「主人は、うちにおりません。」

「は?」

相手の女はきき返した。意味がとれないらしく、それは二度もつづいた。

「では、いま、どちらにいらっしゃいますのでしょうか?」

「昨夜から、」

と、亜矢子は言ったが、それは自分の知らない相手にものを言っている調子ではなかった。

「主人は、昨夜から、Nホテルに、はいっております。Nホテルですよ。ご存じでいらっしゃいますでしょうか?」

「はい。ありがとうございました。」

電話は切れたが、その若い女のかたい声が、亜矢子の耳に残っていた。

亜矢子は、しばらく電話機のそばから離れなかった。はい、ありがとうございました、という最後の言葉が心の奥にしみこんでいる。眼の前に、電話ボックスの中にいる細い顔が浮かぶようだった。羽田のロビーの片すみに、たゆたうようにたたずんでいた顔だった。

心に残る電話の声は、すんでも急にはそのそばから離れられない。亜矢子がじっと立っていると、またベルが鳴った。

彼女は、はっとした。今度、その声を耳にすると、もっと別な言葉が流れでそうだった。女中が離れたところから電話を聞きに、急いできていた。亜矢子はそれを止めた。送受器を取って耳に当てた。

「竜崎でございますが。」

誘われたように出た声は、いま聞いたばかりのそれではなかった。しかし、亜矢子に充分に聞き分けられる声だった。

「亜矢子さんですね？」

男の声は、亜矢子の声を確かめたように、慎重にきいた。

「はい。」

亜矢子は、女中が向こうに行くのを眼に入れていた。

「いま、時間はありませんか？」

久世はきいた。

「いまですか。」

亜矢子は送受器を掌でかこい、小さな声になった。

「忙しいんでしょう？」

亜矢子は、久世が重隆の帰ってきたのを知っていると思った。忙しいんでしょう、というきき方には、そういう意味があった。

「いいえ。」

電話では説明はできなかった。

「べつに急ぐわけじゃないんですがね、なんだか急にお会いしたくなったんです。」

向こうも細い声だった。

「どこまで伺えばよろしいんですか？」

「日比谷の、いつもの場所にしましょう。」

「わかりました。いま、どちらに、いらっしゃいますの？」

「銀座です。」

「三十分後には、必ず、そこへまいりますわ。」

「わかりました。どうも。」

亜矢子は送受器を置いた。今度は、逃げるようにそこから大急ぎで離れた。胸が騒いでいた。女中に出入りのハイヤーを呼ばせ、支度にかかったが、追われているような気持だった。

亜矢子の胸には、二つの声が交錯している。一つは、若い女のかたい声だった。彼女は、重隆のホテルを教えてやった。その声は今ごろそのホテルに電話をしているか、本人がタクシーで急いでいるかしているに違いなかった。

ホテルの名前は教えるべきではなかったかもしれぬ。しかし、あの声には、そう答えずにはおられなかった。

亜矢子は、新しい石を投げこんだような気がした。

久世の声が、そのすぐあとに聞こえたのも、皮肉なまわりあわせだ。

久世に会うことは、その不安をまぎらわせはするが、別な危険を迎えるような予感もした。

亜矢子は支度がすむと、玄関に出かかった。

このとき、門の外に車が着いた。亜矢子は、頼んでいたハイヤーが来たのかと思った。出てみると、門のところから義妹が一人で降りて歩いてくるのが見えた。陽ざしを受けて、義妹の顔は真っ白になっている。亜矢子は足がとまった。

「あら、お出かけ？」

義妹は、亜矢子の支度を一瞬のうちに上から下まで眼で撫でた。

「ええ、少し用事ができたものですから。」

亜矢子は、そう答えて、

「昨夜は、ご苦労さまでした。」

と挨拶した。

「お兄さま、お戻りになって？」

義妹は、やはり亜矢子を観察している。行く先まで詮索している眼だった。

「いいえ、まだなんですの。」

「じゃ、これから、お兄さまのところにいらっしゃるの？」

そうでないこと知っていながらきいているのだ。

「いいえ……。」

「そう。わたくし、そうかと思いましたの。だったら、わたくしもご一緒しようかと思ったんですの。」

「ごめんなさい。」

亜矢子は言った。

「どうしても行かなければならないことができましたので、行ってまいりますわ。少し待っててくだされば、すぐ帰ります。」

「いいえ、わたくしならかまいませんわ。」

義妹は、ほほえんで答えた。

「どうぞ、ごゆっくり。」

おりから、青色の車が門の前にとまった。白いおおいをつけた帽子の運転手が降りてきた。

「行ってまいります。」

亜矢子は歩きだしたが、義妹の返事はなかった。

亜矢子は、背中に義妹の眼を感じていた。彼女は、身体(からだ)のちぢまる思いで車に乗った。

「どちらまで?」

運転手が頭をさげてきいた。

「日比谷まで行っていただきます。」

その言葉も、遠くにいる義妹の耳に聞こえそうだった。

静かな住宅街だし、電車の音も、車の音もなかった。亜矢子のつぶやくような声が、初夏の澄んだ空気の中を羽になって義妹のところに飛んで行きそうだった。

車が動きだした。門から表通りに出るのには、ゆるやかな勾配(こうばい)を下るのだが、義妹が庭のはしに立って、陽(ひ)の光をはじく車体を見送っているような気がして、亜矢子はクッションに身をずらせた。

5

竜崎重隆は、フロントからの電話を聞いた。

添田という婦人がフロントに見えています、というのだった。

「添田?」

重隆は、煙草の煙の中に一瞬、眼を細めたが、すぐに瞳(ひとみ)を窓に向けた。カンはいいほうである。

〝添田〟というのは、重隆と交渉のあったころ、千佳子がよく使った名前であった。

「こちらに通してくれ。」

「お部屋でございますね？」

「そうだ。」

重隆は、椅子から窓のほうへ歩いた。よく拭きこんである澄明なガラスの下に、車の列が動いていた。人の群れが歩道を渡っていく。声はとどかない。上から見おろすと、羊のようにおとなしい群衆だった。

むかいのビルの窓には、昼でも蛍光灯がついている。社員たちが事務を執っていた。男は帳簿を繰り、女はその後ろを歩いている。午後の陽はまぶしいが、やはり、空気のにごりが違っていた。シンガポールは、これほど遠くの市街をかすませはしない。

重隆は、ドアにノックの音を聞いた。

「どうぞ。」

後ろを向いたまま答えた。

部屋は二つになっていて、応接間と寝室とに分かれている。

外国生活に慣れていて、狭い部屋はきらいなほうだった。もとからそういうことには贅沢な男で、金のかかるのを気にかけない性質だった。

ドアがあいた。舞台の奥行きのように、離れた場所に小さな空間がある。女はそこに立っていた。

「おはいり。」

重隆は声をかけた。

客はドアをそのままにして、絨毯(じゅうたん)を踏んだ。グレーがかったスーツの色が、絨毯の緋(ひ)の色に明かるく似つかわしく浮き出た。

「やっぱり、きみだったのか。」

重隆は上着を着ていた。電話のあった直後に、窓を見ながら袖を通したのだ。窓際に、長椅子と、テーブルと、普通の椅子が二つ並べてある。重隆は磊落(らいらく)に長椅子へ腰をおろした。

女客は、まだそこに立ったままで眼を伏せている。

重隆は気楽に足を組み、眼をまっすぐに女の顔に向けた。歳月と環境とが、どのような変化を女の顔に遂(と)げさせたかを観察している眼だった。

「しばらくだね。」

彼は、立っている千佳子に言った。

「添田と言ったものだから、すぐ、きみとわかったよ……。なつかしい名前だ。かつてぼくらだけの共通の名前だったね。」

千佳子は立ったまま動かなかった。

「まあ、すわりたまえ。」

前の椅子を、煙草をはさんだ手でさした。

千佳子はかすかにうなずいた。重隆とは斜めの位置の椅子に掛けた。しかし、瞳はまだ重隆の顔には向かわなかった。膝に組んだ、自分の指先を見つめる眼差しだった。

「何か頼もう。コーヒーでもいいかね？」

重隆は、ボタンを押した。

「きみ、昨日、羽田に来てくれたんだね？」

千佳子の頰に外の光があたっている。それが少しも動かなかった。

「知ってるよ。今日は来てくれると思っていた。うちに帰らなかったのも、ひとつはきみを待っていたんだ。」

女の顔が、かすかに動いた。

「そうだ、おめでとう、を言わなければならないな……。結婚したんだそうだね？」

給仕がはいってきた。

「お呼びでいらっしゃいますか？」

「コーヒーを二つ。」

「はい。」

給仕は去りかけたが、途中で、

「ドアは、このままにしてよろしゅうございますか?」

ときいた。

重隆が答える前に、千佳子のほうが言った。

「どうぞ、そのままにしてください。」

はじめて、はっきりした声を聞いた。

「相変わらずだな。」

重隆は笑った。

「少しも変わっていない。昔のままだ。」

千佳子は、やはりかたい姿勢のままでいた。

「結婚して、どれくらいになる?」

これは、重隆が彼女のために砂糖を入れながら言ったことだった。

「きみは、二杯半だったね?」

その姿勢ですくいあげるように女の顔を見た。

千佳子は膝の上に指をしっかりと組みあわせていた。唇もかみあわせたように堅かった。

「今の名前、何というの?」

これにも、答えはなかった。

——この女は、昔と少しも変わっていない。二人だけの最初が、やはりこのとおりだった。

重隆は、二人分のカップにミルクを注いだ。黒いコーヒーの液体に白い雲が浮きあがってくる。

「冷えるよ。」

と言ったのは、コーヒーのことだった。

「きみとこうしてお茶を飲むの、しばらくぶりだな。」

上眼づかいに彼女の顔を覗いた。

「旦那さんは、カメラマンだって？」

千佳子の額に、前髪がおおいかぶさるように垂れていた。髪のかたちは違っているが、この髪にはおぼえがあった。まさぐった指の記憶だった。

「いま、旦那さんはいないのかね？」

何をきいても答えは出なかった。唇は力をこめたように閉じられたままだった。

「もっとも、旦那さんがいると、きみもこうしてぼくを訪ねてくることはないだろう。」

肩、腕、頸、それから少しふくらんでいる胸——みんな彼の記憶にある。観念的なものでなく、体験であった。

「実は、昨夜も会社の友だちが来たのでね。きみも知ってる男だ。土山君だよ。」

「…………」

「きみが結婚したということを聞かされたものだから、実は、ちょっとショックを受けたんだ。で、どういうと人と結婚したか、恋愛結婚か、見合い結婚か、もし、見合い結婚だったら、その仲人（なこうど）は誰か、そんなことまで調べてもらうように頼んでおいたばかりだ。」

「やめてください。」

千佳子の声も肩もふるえていた。

（下巻につづく）

一九六二年八月カッパ・ノベルス（光文社）刊

光文社文庫

恋愛サスペンス
風の視線（上）　松本清張プレミアム・ミステリー
著者　松本清張

2017年1月20日　初版1刷発行
2025年1月15日　2刷発行

発行者　三宅貴久
印刷　大日本印刷
製本　大日本印刷

発行所　株式会社　光文社
〒112-8011　東京都文京区音羽1-16-6
電話（03）5395-8149　編集部
8116　書籍販売部
8125　制作部

ISBN978-4-334-77413-4　Printed in Japan

組版　萩原印刷

光文社文庫　好評既刊

真犯人の貌　前川　裕
いちばん悲しい　まさきとしか
屑の結晶　まさきとしか
山手線が転生して加速器になりました。　松崎有理
匣の人　松嶋智左
花実のない森　松本清張
混声の森（上・下）　松本清張
風の視線（上・下）　松本清張
弱気の蟲　松本清張
鴎外の婢　松本清張
象の白い脚　松本清張
地の指（上・下）　松本清張
風紋　松本清張
影の車　松本清張
殺人行おくのほそ道（上・下）　松本清張
花氷　松本清張
湖底の光芒　松本清張

数の風景　松本清張
中央流沙　松本清張
高台の家　松本清張
翳った旋舞　松本清張
霧の会議（上・下）　松本清張
馬を売る女　松本清張
鬼火の町　松本清張
紅刷り江戸噂　松本清張
彩色江戸切絵図　松本清張
異変街道（上・下）　松本清張
ペット可。ただし、魔物に限る　松本みさを
ペット可。ただし、魔物に限る　ふたたび　松本みさを
恋の蛍　松本侑子
島燃ゆ　隠岐騒動　松本侑子
世話を焼かない四人の女　麻宮ゆり子
バラ色の未来　真山　仁
当確師　真山　仁